ISSN 1413-652X

CADERNOS DE LITERATURA BRASILEIRA

IMS
INSTITUTO MOREIRA SALLES

CADERNOS DE
LITERATURA
BRASILEIRA

Diretor Editorial	Antonio Fernando De Franceschi
Editor Executivo	Rinaldo Gama
Editora	Francesca Angiolillo
Edição de Arte e Finalização	Bei Comunicação
Fotógrafo	Edu Simões
Assistente de Produção	Acássia Correia da Silva
Circulação	Edson Micael de Souza Santos

Colaboraram nesta edição:

Cristiano Mascaro, Fábio Lucas, Jadyr Pavão, Luiz Arturo Obojes, Luiz Fernando Martini, Lygia Fagundes Telles, Maria Eugênia, Plinio Martins Filho, Sandra Rodrigues Garcia (São Paulo); André Lionir Petry da Silva, Antonio Hohlfeldt, Clarissa Verissimo Jaffe, Leopoldo Plentz, Maria da Glória Bordini, Paulo Roberto Batista Maciel, Regina Zilberman (Porto Alegre); Rogério Reis, Rosa Freire d'Aguiar (Rio de Janeiro).

Capa: Erico Verissimo, fotografado por Leonid Streliaev/Editora Abril

NÚMERO 16 - NOVEMBRO DE 2003

CADERNOS DE LITERATURA BRASILEIRA
Uma publicação semestral do Instituto Moreira Salles.

Leonid Streliaev/Editora Abril

Erico Verissimo na Livraria do Globo

IMS
INSTITUTO MOREIRA SALLES

Acervo Literário de Erico Verissimo – 06a0900-1945

Inúmeras vezes – em entrevistas e depoimentos – Erico Verissimo faria um julgamento pouco condescendente de seus primeiros títulos; livros como *Clarissa* (1933), seu romance de estréia, acolhido pelo público, mas mal recebido pela crítica.

Ao mesmo tempo, porém, em que o autor reconhecia uma certa fragilidade na sua narrativa daquela fase, apressava-se em nomear a justificativa de suas falhas: o expediente na Seção Editora da Livraria do Globo, emprego que lhe rendia o sustento da família, principalmente entre os anos 30 e 50.

Mas a casa editorial da família Bertaso não era para Erico um burocrático ganha-pão; fosse isso, ele teria dado ao trabalho somente o quinhão exigido. O que se vê, no entanto, cristalizado nos lançamentos que saíram da Globo da rua da Praia após seu ingresso, foi que o escritor incipiente dividia a mente de Verissimo com um editor ousado – que ajudou a cunhar um projeto cultural, e não um simples negócio, atuando em todas as partes do processo, desde a seleção de títulos até a tradução.

Se, por um lado, tal atividade adiou a revelação do potencial pleno de Erico Verissimo, por outro contribuiu de maneira decisiva para o amadurecimento da atividade editorial no Brasil, razão por que é contemplada neste encarte.

Um grande "inventor"

Plinio Martins Filho
e Jadyr Pavão

Erico Verissimo entrou para a "família Globo" – assim ele descrevia seus laços com a empresa gaúcha – em fins do ano de 1930. Assumiu a produção da *Revista do Globo*, um magazine quinzenal em que cabia de tudo: um pouco de propaganda, outro tanto de literatura e muito oba-oba sobre a sociedade porto-alegrense. A permanência à frente da revista, além de maçante, foi curta. Henrique Bertaso (1906-1977), chefe da Seção Editora da Livraria do Globo[1], logo o recrutou como "conselheiro literário" por duzentos mil réis por mês; mais tarde, a dedicação seria exclusiva. Os "duzentas pilas", Verissimo descobriria depois, saíam do bolso do chefe[2]: Verissimo era um dos primeiros "riscos editoriais" a que o jovem Bertaso se atrevia.

Ao migrar para a editora, Verissimo ajudou a "inventar" uma maneira de produzir livros de alta qualidade, quando o negócio apenas engatinhava no país. Ao lado de Bertaso – é preciso falar dele quando se fala do Verissimo editor –, deu soluções a problemas que até então não haviam sido resolvidos, ou nem ao menos postos, pelas incipientes e escassas casas editoriais: de que maneira equilibrar no catálogo best-sellers e autores "difíceis", porém importantes; como embelezar o livro; como elevar o nível das sofríveis traduções; de que forma baratear os exemplares em um mercado reduzido, ainda que promissor, como o brasileiro; como fazer o livro ir além do âmbito restrito de Porto Alegre. Como editor, farejador de textos, tradutor disciplinado, coordenador de edições, colocou nas prateleiras das livrarias um dos mais consistentes projetos editoriais já concebidos – e realizados – no Brasil em todos os tempos. Desse plano concretizado, sairiam tanto criações de autores pouco vendáveis, mas de inegável importância literária ou de vanguarda à época – caso de James Joyce, Virginia Woolf, Thomas Mann, Aldous Huxley – como clássicos imperecíveis de Voltaire e Montaigne e coleções temperadas ao sabor popular – com livros assinados por nomes como James Hilton, Edgar Wallace e Karl May.

A Globo foi, na história do livro e da cultura brasileira, um caso ímpar de feliz encontro entre oportunidade e talento. De um lado, Henrique Bertaso, editor de tino apurado, colocou a Seção Editora da Livraria do Globo (e o capital de seu pai, José Bertaso, proprietário do negócio) à disposição de boas idéias de velhos e novos autores. Verissimo compareceu com refinado e vasto conhecimento literário e com uma intimidade, incomum para a época, com literaturas alemã, inglesa e norte-americana – sendo que a Globo teve papel fundamental de "apresentadora" desta última ao país. Nas primeiras décadas do século XX, os olhos do leitor brasileiro ainda estavam voltados para a produção francesa. Mas era a cultura dos Estados Unidos, através da magia do cinema, que ganhava espaço e imprimia influência. Verissimo e Bertaso fizeram o *aggiornamento* do leitor brasileiro aos novos tempos.

As linhas provisórias do projeto editorial foram traçadas por Bertaso no final dos anos de 1920. Histórias gaúchas, uns tantos títulos didáticos, gramáticas e manuais iniciaram as publicações, às quais seria acrescentado um filão que despertava pouca atenção: os romances policiais, sentimentais e de aventura norte-americanos e ingleses. A Globo colocou dezenas deles no mercado, e eles acertaram em cheio o paladar do grande público. Essa "argamassa popularesca"[3], na expressão de Erico Verissimo, tinha duas funções. Primeiro, reforçar o caixa da casa e sustentar um "vício" de seus editores: investir em projetos caros e comercialmente incertos, que muitas vezes não passaram do fracasso de vendas. O segundo objetivo era alargar a base de leitores do país (um drama nacional permanente). Por isso, muitos títulos saíram em formato econômico e com tiragens consideradas altas mesmo para os dias de hoje – 5.000, 7.000, até 10 mil exemplares – tendo entre os campeões de vendas (com números na casa das centenas de milhares de livros vendidos entre os anos 1930 e 1950) aventuras de autores como Agatha Christie.

Verissimo deu substância e qualidade a esse projeto. Ele apontou um novo norte à Globo, ainda que essa direção indicasse o caminho comercialmente arriscado dos autores contemporâneos, homens e mulheres que traziam novos horizontes à literatura e ao pensamento e que, muitas vezes, pautavam discussões pelo mundo. Uma aposta arriscada, mas editorialmente admirável. Afinal, como lembra Umberto Eco, o que diferencia o negócio do livro do negócio dos dentifrícios bucais é que, na primeira, estão em ação os homens de cultura, para os quais o fim não é a produção do livro como objeto comercial, mas sim a produção de valores[4].

"Aquartelados" no extremo Sul do país, distantes do eixo Rio-São Paulo, onde os principais autores nacionais já tinham guarida, Verissimo e Bertaso insistiram nos "alienígenas". Para isso, principalmente a partir dos anos de 1940, cuidaram da questão da tradução. Peneiraram os melhores profissionais do mercado e lhes ofereceram excelentes condições de trabalho: boa remuneração, prazos generosos e expediente na edito-

Edu Simões/IMS

ra, onde um arsenal de manuais e dicionários ficava à disposição. As versões em português eram obsessivamente cotejadas com os originais e avaliadas por um segundo e até por um terceiro tradutor. Fruto saboroso dessa aventura ambiciosa permanecem sendo os sete volumes de *Em busca do tempo perdido*, de Marcel Proust, publicados na década de 1950, vertidos para a língua portuguesa por escritores-tradutores como Mario Quintana, Manuel Bandeira e Carlos Drummond de Andrade. Outra marca inesquecível foi *A comédia humana*, de Honoré de Balzac, em 17 volumes, que apareceram entre 1946 e 1955, trazendo estudos dos maiores balzaquianos de então. As edições eram apresentadas em roupagens bem cuidadas, ilustradas por um time de artistas gráficos do ateliê de desenho da Globo, capitaneados por nomes como o do alemão Ernst Zeuner. Esse cuidado com a feitura do livro daria impulso fundamental à produção no país[5].

Verissimo implantou uma cadeia de trabalho exemplar, como se seguisse uma cartilha do ofício. Como registra Enric Satué[6], as bases da boa jornada editorial foram colocadas no papel no século XVI, por um modesto editor veneziano chamado Aldo Manuzio. Alguns dos mandamentos do negócio caem como luva à história da Globo: ter uma lista de títulos inéditos, principalmente os clássicos, selecionados com rigoroso critério; e buscar a perfeição editorial extrema, com traduções, comentários e edições a cargo dos espíritos mais refinados de seu tempo.

O primeiro passo de Verissimo à frente da edição de livros, porém, foi cercado de incertezas – em especial sobre o quanto Bertaso estaria disposto a arriscar o negócio da família. Verissimo descreveu da seguinte forma suas lembranças acerca do primeiro "risco" editorial sugerido a Henrique Bertaso, no início da década de 1930:

– Quer arriscar perder dinheiro mas dar prestígio literário à Editora?
– Como?
– Publicando o livro que acabo de ler, recomendado por Augusto Meyer. É o *Point Counter Point*, de Aldous Huxley, autor inglês moderno.
– Que gênero?
– Romance: Literatura para uma elite. Mais de 400 páginas.
– Quem vai traduzi-lo?
– Eu mesmo.[7]

Contraponto, título em português, apareceu em 1935, após oito meses de tradução. A edição teve repercussão (e venda) moderada, mas ficou longe do fiasco, o que animou Verissimo. O passo seguinte foi assim descrito por ele: "Um dia fiz um teste com Henrique Bertaso. Queria saber se como editor ele 'tinha medo de Virginia Woolf'"[8].

Não teve. E a editora lançou dois livros da autora inglesa: *Mrs. Dalloway*, com tradução de Mario Quintana, e *Orlando*, em versão de Cecília Meirelles – ambos os títulos lançados havia pouco na Inglaterra. Ainda hoje o vaivém dos fluxos de consciência e acontecimentos que embeleza esses romances afasta muitos leitores – o que dá uma parca idéia do estranhamento causado há mais de 50 anos.

A partir daí, a editora pegou gosto pelo negócio. Verissimo formulou várias listas de autores e títulos a serem publicados pelas diversas coleções da casa: *A montanha mágica* e *Os Buddenbrooks*, de Thomas Mann, *As vinhas da ira*, de John Steinbeck, *O imoralista*, de André Gide, *Luz de agosto*, de William Faulkner, *Servidão humana*, de Somerset Maugham, entre outros, despontaram pela coleção Nobel, dedicada a escritores rasgadamente premiados, mas ainda não digeridos pelo público.

Difícil saber se esse passo ou o seguinte foi o mais ousado. A certa altura, Verissimo sugeriu a criação de uma coleção chamada Biblioteca dos Séculos. "E sabes quem vai escolher os livros e os autores para essa série?", perguntou a Bertaso. "O Tempo, o melhor crítico literário que conheço"[9], emendou. Da coleção fariam parte obras como *O vermelho e o negro* e *A cartuxa de Parma*, de Stendhal, *A casa soturna*, *Aventuras do sr. Pickwick* e *Grandes esperanças*, de Charles Dickens, *Poesia e prosa*, de Edgar Allan Poe, *Viagens de Gulliver*, de Jonathan Swift, e *Guerra e paz,* de Tolstói.

Verissimo afastou-se aos poucos das atividades diárias da editora com a proximidade dos anos 50. Dedicava-se mais e mais aos vôos literários próprios e a compromissos acadêmicos e institucionais nos Estados Unidos. Suas memórias escritas sobre os grandes dias da Globo não escondem as dificuldades de editar bem, em qualquer parte do mundo – especialmente no Brasil. Com bom humor, porém, ele recordava os "escorregões" tomados. No início dos anos de 1940, por exemplo, desestimulara a Globo a comprar os direitos de um calhamaço épico americano, chamado *Gone with the Wind*, adquirido em seguida por outra empresa. Pouco depois, começava a campanha publicitária do filme baseado na obra, *...E o vento levou*, e a Globo deixou de faturar uma bolada. Outro volume de ouro que escapou pelos dedos foi um livrinho de um aviador-escritor francês chamado Antoine de Saint-Exupéry. Nem Erico nem Henrique deram atenção a *O pequeno príncipe*: compraram seus direitos, mas os repassaram a outro editor, depois de deixar os originais empoeirando na gaveta[10].

Os "furos" devem ter deixado o velho José Bertaso uma fera. Hoje, porém, pouco importam. Depois das "invenções" de Verissimo e Bertaso à frente da Globo, a produção de livros no Brasil atingiu um novo patamar de qualidade. Entre 1931 e 1950, a editora publicou cerca de 1.063 obras – aproximadamente 30% delas eram de literatura traduzida[11]. Passados mais de 50 anos, dezenas desses livros permanecem imbatíveis nas prateleiras das livrarias. O tempo, maior crítico literário conhecido por Erico Verissimo, tratou de fazer justiça.

Plinio Martins Filho é professor de Editoração na Escola de Comunicação e Artes da Universidade de São Paulo e diretor-presidente da Edusp.

Jadyr Pavão é jornalista.

NOTAS

1 A seção se tornaria Editora Globo em 1956.
2 VERISSIMO, Erico. *Um certo Henrique Bertaso – Pequeno retrato em que o pintor também aparece*. Porto Alegre: Globo, 1972, p. 40.
3 *Idem*, p. 73.
4 ECO, Umberto. *Apocalípticos e integrados*. São Paulo: Perspectiva, 1970, p. 50.
5 FONTANA, Carla Fernanda. *O atelier de desenho da Livraria Globo: Ernst Zeuner, João Boiera Faedrich, Edgar Koetz, João Fahrion*. São Paulo: IEB/USP, s.d. (pesquisa).
6 SATUÉ, Enric. *Aldo Manuzio, editor, tipógrafo e livreiro*. São Paulo: Ateliê Editorial (no prelo).
7 VERISSIMO, Erico. *Op. cit.*, p. 41.
8 *Idem*, p. 43.
9 *Idem*, p. 58.
10 *Idem*, pp. 73-5.
11 AMORIN, Sônia Maria de. *Em busca de um tempo perdido: edição de literatura traduzida pela editora Globo (1930-1950)*. São Paulo/Porto Alegre: Edusp/Com-Arte/Ed. UFRGS, 2000, p. 54.

BIBLIOGRAFIA COMPLEMENTAR

BERTASO, José Otávio. *A Globo da rua da Praia*. São Paulo: Globo, 1993.
HALLEWELL, Laurance. *O livro no Brasil: sua história*. São Paulo: T.A. Queiroz/Edusp, 1985.
TORRESINI, Elisabeth Wenhausen Rochadel. *Editora Globo: Uma aventura editorial nos anos 30 e 40*. São Paulo/Porto Alegre: Edusp/Com-Arte/Ed. UFRGS, 1999.

Encarte do 16º número dos CADERNOS DE LITERATURA BRASILEIRA (nov. 2003), que tem por tema Erico Verissimo.

Solo de letras

O CONTINENTE PARTICULAR, VASTO E NADA ACIDENTAL – ANTES CONQUISTADO EM DÉCADAS DE ENTREGA A UMA FICÇÃO VOLTADA PARA A CIDADE E O CAMPO, PARA A HISTÓRIA E O FANTÁSTICO, COM TRINCHEIRAS NA METALINGUAGEM – QUE CONSTITUI A LITERATURA DE ERICO VERISSIMO

Manhã. O sol que se inclina para atravessar a porta do armazém denuncia o jovem – 17 anos, descuidado de roupas, as grossas sobrancelhas muito próximas – em seu silêncio de solidão. Acabou de respingar sobre o piso a água envenenada de creolina e agora varre a poeira que insiste em lhe invadir não apenas as narinas mas sobretudo os planos de uma carreira artística ou literária. Ele, que sabia razoavelmente o inglês e o francês, que lia Zola e Machado de Assis, que admirava o estilo de Euclides da Cunha, andava nos últimos tempos entre sacos de farinha, arroz, feijão e açúcar, contava tijolinhos de goiabada, pesava batatas.

Quem dali de dentro olhasse para a rua veria a cidade de Cruz Alta (RS) começar a se movimentar lentamente, como um trem que mal deixou a estação, o último apito ainda nos ouvidos da plataforma.

Dentro da venda, o adolescente – pais separados, o ginásio na capital interrompido, a obrigação de fazer tarefas que o inibiam – só pensava que a vida o havia derrotado de maneira definitiva. Até que viu a máquina. Antiga, Underwood, por que não escrever? O guarda-livros às vezes se distraía, podia fazer de conta que trabalhava, tanto papel de embrulho em branco por ali.

Seja porque acreditasse que a literatura poderia fazê-lo reencontrar o lar perdido; porque entendesse que um homem, num universo tão cheio de desafios ao seu espírito, não tem o direito de se entregar ao tédio; porque considerasse inexorável o seu destino de contador de histórias, Erico Verissimo (1905-1975), aquele desolado rapaz que um dia chegou a supor que suas mãos jamais deixariam de recender a cebola e alho, se investiu de toda a energia de que era capaz até se tornar um autor profissional. É sobre este ficcionista e sua vasta obra que se debruça o presente número, o 16º, dos CADERNOS.

Ressalte-se que o próprio Verissimo era dado à prática de analisar a si mesmo e ao seu trabalho – explicando-o, discutindo-o, e, principalmente, criticando-o. Não por aca-

O tempo e os ventos

1905 Nasce, a 17 de dezembro, na cidade de Cruz Alta, Rio Grande do Sul, Erico Lopes Verissimo, filho de Sebastião Verissimo da Fonseca e Abegahy Lopes Verissimo, ambos descendentes de portugueses. Seus avós paternos são Adriana e Franklin Verissimo da Fonseca e os maternos, Maurícia e Aníbal Lopes da Silva.

1909 Gravemente enfermo, Erico é desenganado por vários médicos de Cruz Alta. Ciente da gravidade do caso, um de seus tios, o médico Catarino Azambuja, casado com Maria Augusta, irmã de seu pai, pede ajuda financeira ao avô paterno do futuro escritor – que, aliás, era homeopata. Assim, vem de Porto Alegre o mais renomado pediatra do estado, Olinto de Oliveira. Depois de diagnosticar meningite, agravada por uma broncopneumonia, Oliveira responsabiliza-se pela recuperação do menino.

1912 Freqüenta, simultaneamente, o Colégio Elementar Venâncio Aires, de Cruz Alta, e a Aula Mista Particular, da professora Margarida Pardelhas. Começa a ir, com regularidade, ao cinema Biógrafo Ideal e passa grande parte do tempo na Farmácia Brasileira, de seu pai.

1918 Lê *A esfinge*, de Afrânio Peixoto; *Casa de pensão* e *O cortiço*, de Aluísio de Azevedo; *Sertão* e *Inverno em flor*, de Coelho Neto, além de livros de Joaquim Manuel de Macedo e Afonso Arinos. Este, aliás, daria nome à sua então incipiente biblioteca. Durante o recesso escolar provocado pela gripe espanhola, entrega-se à leitura de *Os Maias*, de Eça de Queirós; *Recordações da casa dos mortos* e *Crime e castigo*, de Dostoiévski; *Ana Karenina*, de Tolstói; *Ivanhoé*, de Walter Scott e obras de Émile Zola.

1920 Ingressa, como aluno interno, no colégio Cruzeiro do Sul,

Fotos: Acervo Literário de Erico Verissimo (Alev) – 06b0848-1900*

Sebastião Verissimo da Fonseca, o pai

Alev – 06b0856-1931

A mãe, Abegahy Lopes Verissimo

Alev – 06a0002-1909

Erico, em Cruz Alta, aos 4 anos de idade

* Os códigos que, à semelhança deste, aparecem em créditos de imagens do presente número dos CADERNOS correspondem à sua catalogação no Acervo Literário de Erico Verissimo.

de orientação protestante, situado no bairro de Teresópolis, em Porto Alegre. Sai-se bem nas aulas sobre a Bíblia e no aprendizado de inglês, francês e literatura.

1922 Ocorre a separação de seus pais. Em Cruz Alta, passa a morar com a mãe, o irmão e Maria – a quem Sebastião Verissimo adotara – na casa dos avós maternos. Torna-se balconista do armazém de secos e molhados do tio Americano Lopes. É nessa venda que produz, clandestinamente, seus primeiros textos literários, em pedaços de papel de embrulho e datilografados em uma velha máquina de escrever Underwood. Lê Euclides da Cunha, além de traduzir trechos de escritores franceses e ingleses. Começa a trabalhar como escriturário do Banco Nacional do Comércio.

1923 Lê *Urupês* e *Cidades mortas*, de Monteiro Lobato e, segundo suas próprias palavras, "com certa dose de perplexidade", os versos modernistas de Mário e Oswald de Andrade. Incentivado pelo tio materno João Raymundo – casado com Iracema, irmã de sua mãe – Erico debruça-se também sobre as obras de Nietzsche, Stuart Mill, Verhaeren e Ibsen. Traduz poemas de Rabindranath Tagore e Omar Khayyam.

Alev – 06a0020-1936

Em Porto Alegre, na adolescência (1920)

Alev – 06a1063-1921

Com o seu único irmão, Ênio (1921)

Alev – 06b1230 - 1995

Fachada do colégio Cruzeiro do Sul, onde ingressou como aluno interno em 1920

1924 A família da mãe transfere-se para Porto Alegre, a fim de que seu irmão, Ênio, possa fazer o ginásio no colégio Cruzeiro do Sul. A mudança não dá certo: Erico consegue um lugar na matriz do Banco do Comércio, mas adoece e o perde. Recuperado, emprega-se numa seguradora, onde não se acerta com o caixa, que o persegue. A família vive no pequeno quarto de uma casa de cômodos.

1925 De volta a Cruz Alta, é readmitido no Banco Nacional do Comércio – como chefe da Carteira de Descontos. Seu interesse pela música o leva a freqüentar o sobrado dos tios Catarino e Maria Augusta para ouvir, à noite, a transmissão radiofônica que a Broadcasting Municipal de Buenos Aires fazia de óperas inteiras apresentadas no teatro Colón. Adriana e Rafael, filhos do casal, seriam as primeiras pessoas a quem mostraria seus primeiros escritos.

Alev – 06b1987-1974

Rótulo da Pharmacia Central, de sua cidade, da qual se tornou sócio em 1926

1926 Insatisfeito com a rotina de bancário, aceita, com relutância, a proposta de um amigo de seu pai, Lotário Müller, de tornar-se sócio da Pharmacia Central – embora não tivesse, também, a menor vocação para o comércio.

1927 Além das atividades de boticário, dá aulas particulares de inglês e literatura. Lê *Salomé*, de Oscar Wilde e descobre Bernard Shaw na coleção Tauchnitz, impressa em Leipzig. Seus autores preferidos dessa época são Anatole France, Francis Jammes, Norman Douglas, Maurice Baring, William Chesterton, Katherine Mansfield, Clemence Dane e Margaret Kennedy. Começa a namorar Mafalda Halfen Volpe, de 15 anos, que morava em frente à Pharmacia Central.

1929 Convencido pelo jornalista Prado Júnior, deixa que este publique, no mensário *Cruz Alta em Revista*, "Chico: um conto de Natal". O escritor e farmacêutico Manoelito de Ornellas vence a resistência de Erico e envia a Mansueto Bernardi, editor da *Revista do Globo*, os contos "Ladrão de gado" e "A tragédia dum homem gordo", que nela seriam publicados. O diretor do suplemento literário do jornal *Correio do Povo*, De Souza Júnior, edita sem ler o conto "A lâmpada mágica", que Erico se animara a lhe enviar; com isso, o jovem jovem autor alcança certa notoriedade no meio literário da capital gaúcha.

1930 Com a falência de sua farmácia, transfere-se para Porto Alegre, decidido a viver de literatura. É contratado, no final do ano, por Mansueto Bernardi para ocupar o cargo de secretário de redação da *Revista do Globo*, o qual assumiria em janeiro do ano seguinte. Aproxima-se de escritores como Augusto Meyer, Athos Damasceno Ferreira, Theodemiro Tostes, Ernani Fornari, Mario Quintana, Guilhermino César e Moysés Vellinho.

1931 No dia 15 de julho casa-se, em Cruz Alta, com Mafalda Halfen Volpe. Lança, pela Seção Editora da Livraria do Globo, sua primeira tradução: *O sineiro*, romance de Edgar Wallace. A seguir, traduz mais dois livros do mesmo autor: *O círculo vermelho* e *A porta das sete chaves*. Torna-se colaborador da página dominical do *Diário de Notícias* e do *Correio do Povo*. Conhece Henrique d'Ávila Bertaso, que gerencia o departamento editorial da Livraria do Globo.

1932 Assume a direção da *Revista do Globo* e é convidado por Henrique Bertaso para atuar na seção editorial da casa, indicando livros para tradução e publicação. Sai, pela Globo, *Fantoches*, sua obra de estréia, uma coletânea de histórias – a maioria na forma de pequenas peças de teatro. Da tiragem de 1.500 exemplares vendem-se perto de 400 e o restante é consumido em um incêndio que atinge o depósito da Globo.

Acervo Livraria do Globo

Ao lado de Henrique Bertaso, que o introduziu na área editorial da Globo (1932)

Alev – 06a1287-1934

Homenagem em Cruz Alta pelo Prêmio Machado de Assis; atrás do escritor, à esq., Vicente Volpe, pai de sua mulher, e à dir., o amigo Maurício Rosenblatt (1934)

1933 Traduz, para a Globo, *Contraponto*, de Aldous Huxley (a edição só chegaria aos leitores em 1935). No final do ano, a mesma editora publica seu primeiro romance, *Clarissa*, com tiragem de 7.000 exemplares.

1934 Recebe o Prêmio Machado de Assis, da Companhia Editora Nacional, pelo romance inédito *Música ao longe*, juntamente com os escritores Dyonelio Machado (por *Os ratos*), Marques Rebelo (*Marafa*) e João Alphonsus (*Totônio Pacheco*).

1935 Nasce Clarissa, sua filha; na mesma semana morre seu pai. Lança *Caminhos cruzados*, que recebe um prêmio da Fundação Graça Aranha e é logo associado a *Contraponto* – o que acabaria sendo admitido pelo próprio Erico.
Mal recebido pela direita, o livro chamaria a atenção do Departamento de Ordem Política e Social do Rio Grande do Sul – a ponto de o ficcionista ser chamado a depor, sob a acusação de comunismo. Saem também *Música ao longe* e *A vida de Joana d'Arc*. Visita pela primeira vez o Rio de Janeiro; na ocasião conhece os escritores Jorge Amado, José Lins do Rego, Carlos Drummond de Andrade, Jorge de Lima, Álvaro Moreira, Murilo Mendes, Graciliano Ramos, Marques Rebelo e Augusto Frederico Schmidt.

1936 Publica o romance *Um lugar ao sol* e o seu primeiro livro infantil, *As aventuras do avião vermelho*. Nasce seu filho Luis Fernando. Convidado por Arnaldo Balvé, cria um programa de auditório para crianças, na Rádio Farroupilha, intitulado *Clube dos três porquinhos*, no qual, na pele do personagem Amigo Velho, improvisa histórias ao vivo. Inspirado em algumas delas, continua sua série de obras infantis, a Coleção Nanquinote, com *Os três porquinhos pobres, Rosa Maria no castelo encantado* e *Meu ABC*. É eleito presidente da Associação Rio-Grandense de Imprensa e, sob sua direção, a Globo lança a revista *A novela*, audacioso projeto editorial que oferecia textos canônicos ao lado de outros, de puro entretenimento, para o grande público.

1937 O Departamento de Imprensa e Propaganda (DIP), do Estado Novo, exige que Erico submeta suas histórias apresentadas na Rádio Farroupilha à censura prévia. Ele prefere encerrar o programa. Reagindo ao nacionalismo ufanista da ditadura Vargas, faz sua versão paradidática da história brasileira em *As aventuras de Tibicuera*.

1938 Sai *Olhai os lírios do campo*, que obtém grande êxito de público, o que aliviaria os problemas financeiros dos Verissimo. A história do infeliz casal de médicos seria traduzida em vários idiomas e adaptada para o cinema e a televisão, alcançando constantemente elevadas tira-

Alev – 06a0609-1938

Na capital gaúcha, Mafalda, Erico e os filhos, Luis Fernando e Clarissa (1938)

gens. Ainda na série infantil Nanquinote, publica *O urso com música na barriga.*

1939 Lança *Viagem à aurora do mundo*, ficção científica sobre a pré-história. Continua a série infantil com *A vida do elefante Basílio* e *Outra vez os três porquinhos* e escreve o paradidático *Aventuras no mundo da higiene*. Passa a dedicar a maior parte de seu tempo ao departamento editorial da Globo; seria, então, ao lado de Henrique Bertaso e de Maurício Rosenblatt, um dos responsáveis pelo extraordinário sucesso da editora na década seguinte. Coleções como a Nobel, na qual foram traduzidos, entre outros, Thomas Mann e Virginia Woolf, e a Biblioteca dos Séculos, que publicou, por exemplo, Balzac e Proust, entrariam para a história.

1940 Sai o romance *Saga*, recebido com reservas pela crítica por tratar de um tema distante da ex-

Alev – 06b0966-1940

Clarissa e Luis Fernando brincam com o cartaz do romance *Saga* (1940)

Alev – 06a0062-1941

Junto a Walt Disney, nos EUA, para onde seguira a convite do governo americano (1941)

periência do autor, a Guerra Civil Espanhola. Visita São Paulo, onde pronuncia diversas conferências. Traduz *Ratos e homens*, de John Steinbeck; *Adeus, mr. Chips* e *Não estamos sós*, de James Hilton; *Felicidade*, de Katherine Mansfield – volume de contos que inclui "Psicologia", vertido para o português por Erico no ano anterior –, e, da mesma autora, "O meu primeiro baile", uma história curta que seria editada na *Revista do Globo*. Na Livraria Saraiva, faz sua primeira – e concorrida – noite de autógrafos.

1941 A convite do Departamento de Estado americano, vai sozinho aos Estados Unidos para uma temporada de três meses; lá realizaria conferências por todo o país. Ao retornar, conta suas impressões de viagem no livro *Gato preto em campo de neve*. Durante uma conversa com o irmão Enio, na praça da Alfândega, em Porto Alegre, vê precipitar-se do alto de um edifício o corpo de uma mulher. O episódio acabaria aproveitado como ponto de partida de *O resto é silêncio*.

1942 Publica – pela Editora Meridiano, uma subsidiária secreta da Globo para o lançamento de obras que pudessem desagradar o regime estado-novista – *As mãos de meu filho*, reunião de contos e outros textos esparsos.

1943 Lança *O resto é silêncio*. Na revista *Eco*, do colégio Anchieta, de Porto Alegre, aparece uma crítica assinada por um dos padres do corpo docente, Leonardo Fritzen, a qual contém ataques não só ao livro, mas também ao autor. O artigo repercute de forma intensa e divide os intelectuais gaúchos. Passada a polêmica e incomodado com os rumos da ditadura Vargas, aceita o convite do Departamento de Estado americano para lecionar Literatura Brasileira na Universi-

Alev – 06a0154-1944

O ficcionista ministra uma aula ao ar livre no Mills College, na Califórnia (1944)

dade da Califórnia e muda-se com a família para Berkeley.

1944 Dá aulas de Literatura e História do Brasil no Mills College, de Oakland, Califórnia, que lhe confere o título de doutor *honoris causa*. Sai, em inglês, o compêndio *Brazilian Literature: An Outline* (Nova York: Macmillan), obra baseada nas palestras e cursos ministrados durante sua temporada californiana. O livro só seria publicado em português em 1995, com o título *Breve história da literatura brasileira*.

1945 Faz uma série de conferências nos estados americanos de Oklahoma, Arizona, Indiana e Texas. Retorna ao Brasil.

1946 Lança *A volta do gato preto*, com os relatos de sua segunda viagem aos EUA.

1947 Começa a escrever *O tempo e o vento*. A idéia inicial era condensar a história de uma cidade e de uma família num único volume de mais ou menos 800 páginas, que levaria três anos para ser escrito. A obra, contudo, ultrapassaria as 2.200 páginas, sob a forma de trilogia, consumindo 15 anos de trabalho. Traduz *Mas não se mata cavalo?*, de Horace McCoy. Estréia a primeira adaptação para o cinema de uma obra de sua autoria: *Mirad los lirios del campo*, produção Argentina dirigida por Ernesto Arancibia; no elenco, Jose Olarra e Mauricio Jouvet.

Alev – 06a0150-1949

Em 1949, com o filho, segurando uma folha com o título original de sua trilogia

1948 Morre José Bertaso, sócio-fundador da Livraria do Globo e pai de Henrique. Erico tenta dar forma a *O continente*, cujas notas vinha acumulando desde 1939. Traduz *Maquiavel e a dama*, de Somerset Maugham.

1949 Sai *O continente*, primeiro volume de *O tempo e o vento*, recebido com entusiasmo pela crítica. Recepciona o escritor franco-argelino Albert Camus em sua passagem pela capital gaúcha; o autor de *A peste* seria uma espécie de "mentor ideológico" de Erico.

1951 Publica *O retrato*, segundo volume de *O tempo e o vento*, que começara a escrever, no início do ano anterior, na praia de Torres. A recepção crítica desanimadora o leva a considerar o novo trabalho inferior à primeira parte da trilogia.

1953 Convidado por João Neves da Fontoura, ministro das Relações Exteriores, assume, em Was-

Alev – 06b0845-1949

Albert Camus em Porto Alegre, onde foi recepcionado por Erico (1949)

Alev – 06a0396-1954

Numa conferência em Washington (1954)

hington, na Secretaria da Organização dos Estados Americanos, a direção do Departamento de Assuntos Culturais da União Pan-Americana, cargo antes ocupado por Alceu Amoroso Lima.

1954 Lança *Noite*, novela que seria traduzida nos Estados Unidos, Inglaterra, França e Noruega. Devido aos seus encargos administrativos e diplomáticos, visita diversos países da América Latina, como Porto Rico, México, Panamá, Costa Rica, Venezuela, Peru, Equador – sempre pronunciando palestras e conferências. Ganha o Prêmio Machado de Assis, da Academia Brasileira de Letras, pelo conjunto de obra.

1956 Regressa ao Brasil. Sai, pela Globo, *Gente e bichos*, uma coleção de seus livros para crianças. Traduz mais uma obra de Edgar Wallace, *A pista do alfinete novo*. Sua filha Clarissa casa-se com David Jaffe, a quem conhecera no grupo de teatro da Igreja Unitária, em Washington. Dessa união nasceriam seus netos norte-americanos Michael, Paul e Eddie.

1957 Publica *México*, narrativa de impressões da viagem que fizera àquele país.

1958 Começa a escrever, na praia de Torres, para onde fora com a mulher Mafalda, *O arquipélago*, terceiro volume de *O tempo e o vento.* Durante o discurso inaugural de um congresso, em Porto Alegre, sente o pulso disparar, uma forte pressão no peito e um princípio de vertigem. Consegue se refazer e o mal-estar passa despercebido.

1959 Viaja, com Mafalda e o Luis Fernando, pela primeira vez à Europa. Em Portugal, entra em confronto direto com a ditadura salazarista ao realizar uma série de conferências nas quais expõe sua defesa do ideário democrático. Passa, com a mulher e o filho, uma temporada em Washigton, para onde Clarissa havia se mudado com o marido. Lança *O ataque*, que reúne três contos – "Sonata", "Esquilos de outono" e "A ponte" – e um capítulo inédito de *O arquipélago*.

Alev – 06a0243-1956

Na F. Bader Bookshop da capital dos EUA, autografando a edição em inglês de *Noite* (1956)

Alev – 06a0902-1959

Com Mafalda e o filho em Paris (1959)

Alev – 06a0474-1965

Lançando *O senhor embaixador* na livraria Teixeira, em São Paulo (1965)

1960 Trabalha, durante todo ano, em *O arquipélago*, usando, conforme revelaria, a máquina de escrever preta sempre que tem de "enfrentar um problema de composição" e a vermelha quando sente que está "inspirado".

1961 Saem os dois primeiros tomos de *O arquipélago*. Sofre o primeiro infarto do miocárdio, que o obriga a permanecer em repouso absoluto durante dois meses. Realiza, com Mafalda, nova viagem aos Estados Unidos.

1962 Publica o terceiro tomo de *O arquipélago*, concluindo o projeto de *O tempo e o vento*. O volume é saudado como nova obra-prima. Visita a Grécia, a Itália e a França. Flagrantes dessas viagens viriam a integrar suas memórias.

1963 Morre sua mãe.

1964 Seu filho Luis Fernando casa-se com Lúcia Helena Massa, colega de redação no boletim da Câmara do Comércio, do Rio de Janeiro, cidade para a qual ele se mudara em 1962. Dessa união nasceriam Fernanda, Mariana e Pedro. Diante do golpe militar, Erico dirige um manifesto a seus leitores em defesa da continuidade das instituições democráticas, da legalidade e da Constituição. Recebe, da Câmara de Vereadores, o título de Cidadão de Porto Alegre.

1965 Lança *O senhor embaixador*, em que seu desapontamento com a política externa dos EUA e sua posição de reserva diante dos rumos da revolução cubana se tornam evidentes; o livro ganharia o Prêmio Jabuti, da Câmara Brasileira do Livro, na categoria "Romance". Volta aos Estados Unidos.

1966 Visita Israel a convite oficial do governo daquele país; lá conhece as experiências de coletivização dos kibutzim e encontra-se com as principais autoridades israelenses. Vai aos Estados Unidos para visitar a filha, o genro e os netos, em meio à revolta dos jovens provocada pela Guerra do Vietnã. Escreve *O prisioneiro*, romance que sairia no ano seguinte. A Editora José Aguilar, do Rio de Janeiro, publica, em cinco volumes, o conjunto de sua ficção completa; nele aparece uma pequena autobiografia, "O escritor diante do espelho", redigida especialmente para a edição.

1967 Com direção de Dionísio Azevedo, estréia na TV Excelsior a adaptação de *O tempo e o vento*, escrita por Teixeira Filho e tendo no elenco Carlos Zara, Walter Avancini e Geórgia Gomide

1968 Ganha o prêmio "Intelectual do ano" (Troféu Juca Pato), em concurso promovido pela União Brasileira de Escritores e o jornal *Folha de S.Paulo.*

1969 É inaugurado, em Cruz Alta, na residência onde nascera

Alev – 06a0530-1966

Em palestra sobre literatura brasileira na Universidade Hebraica de Jerusalém (1966)

Alev – 06a0922-1970

Erico, em casa, escreve o romance *Incidente em Antares*, diante de seu gato Snoopy (1970)

Alev – 06a0923-1971

Com seu neto Pedro no colo (1971)

o ficcionista, o Museu Casa de Erico Verissimo. Lança *Israel em abril*, que narra a viagem realizada três anos antes e apresenta suas reflexões sobre a difícil situação de judeus e palestinos.

1971 A partir da idéia que lhe vem da foto de uma greve de coveiros nos Estados Unidos, retrabalha, à maneira do realismo mágico latino-americano, os esboços de um livro no qual começara a pensar à época da novela *A noite*. Trata-se do romance *Incidente em Antares*, que seria editado neste ano.

1972 Em comemoração ao 40º aniversário de seu primeiro livro, relança *Fantoches*, num volume com notas e desenhos de sua autoria. Sai, pela Globo, *Um certo Henrique Bertaso*, homenagem às cinco décadas de trabalho de seu editor e amigo.

1973 Retoma e amplia a autobiografia da *Ficção completa* e começa a produzir suas memórias – intituladas *Solo de clarineta* –, cujo primeiro volume publica neste ano.

1975 Morre subitamente na noite de 28 de novembro, de infarto do miocárdio, deixando inacabada a segunda parte do segundo volume das memórias, além de esboços de um romance que se chamaria *A hora do sétimo anjo*.

1976 É lançada a edição póstuma *Solo de clarineta – Memórias 2*, organizada por Flávio Loureiro Chaves a partir dos originais inconclusos.

1980 A Rede Globo de Televisão leva ao ar a novela *Olhai os lírios do campo*, de Geraldo Vietri e Wilson Aguiar Filho; no elenco, Cláudio Marzo e Nívea Maria, sob direção de Herval Rossano.

Alev – 06a1215-1973

Ao entregar os originais de *Solo de clarineta* ao editor José Otávio Bertaso (1973)

Alev – 06b0950-1975

Museu Casa de Erico Verissimo (Cruz Alta), transformado em fundação no ano de 1986

1982 Mafalda Verissimo e a professora Maria da Glória Bordini, da Pontifícia Universidade Católica do Rio Grande do Sul, iniciam, na residência do autor, a organização de seu espólio documental.

1984 É instalado, no Programa de Pós-graduação em Letras da PUCRS – como projeto de pesquisa do CNPq (Conselho Nacional de Desenvolvimento Científico e Tecnológico) – o Acervo Literário de Erico Verissimo (Alev); a coordenação fica a cargo de Maria da Glória Bordini.

1985 Vai ao ar, pela Rede Globo de Televisão, a minissérie *O tempo e o vento*, de Doc Comparato, que para escrevê-la conta com a colaboração de Regina Braga; dirigida por Paulo José, a produção tem no elenco Tarcísio Meira, Glória Pires, Armando Bogus, Lélia Abramo, Lilian Lemmertz, Louise Cardoso e Lima Duarte, entre outros.

1986 O museu de Cruz Alta, inaugurado para homenagear o escritor, torna-se Fundação Erico Verissimo.

1991 Toda a edição *princeps* da obra do ficcionista é indexada, com levantamento de antropônimos, topônimos, datas históricas e marcas de fantasia. O índice é informatizado através do Projeto Integrado do CNPq – Fontes da Literatura Brasileira, que o disponibiliza para consulta.

1994 Constitui-se a Associação Cultural Acervo Literário de Erico Verissimo, entidade encarregada de cuidar de toda a documentação literária do escritor. A presidência da instituição é entregue a Luis Fernando Verissimo. A Rede Globo exibe a minissérie *Incidente em Antares*, adaptação do romance homônimo feita por Charles Peixoto e Nelson Nadotti; no elenco, Fernanda Montenegro e Paulo Betti, entre outros, dirigidos por Paulo José.

1995 Os 90 anos de nascimento do escritor são comemorados com uma mostra documental no salão de festas da Reitoria da Universidade Federal do Rio Grande do Sul e um seminário internacional, coordenado pelo Programa de Pós-graduação em Letras da PUCRS.

1997 Sai *A liberdade de escrever*, coletânea de entrevistas de Erico sobre política e literatura organizada por Maria da Glória Bordini.

2000 As universidades Sagrado Coração de Jesus, de Bauru (SP), e Federal de Santa Maria (RS) publicam *O tempo e o vento – 50 anos*, contendo ensaios de especialistas sobre a trilogia; a organização do volume é de Robson Pereira Gonçalves.

2002 A Globo inicia a edição definitiva da obra completa do autor. É inaugurado o Centro Cultural Erico Verissimo, destinado à preservação do Alev e da memória literária do Rio Grande do Sul.

2003 Morre Mafalda Verissimo, viúva do escritor.

Edu Simões/IMS

Sala da residência onde viveu o autor, no bairro de Petrópolis, Porto Alegre

Caminhos cruzados

CLARISSA VERISSIMO JAFFE, ROSA FREIRE D'AGUIAR E LYGIA FAGUNDES TELLES RECUPERAM OS FIOS DO CONVÍVIO COM ERICO: PAI, ENTREVISTADO, AMIGO

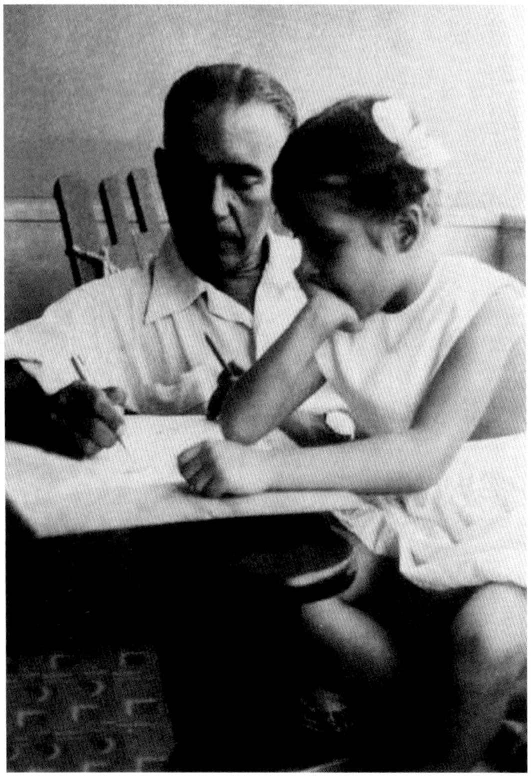

Acervo Literário de Erico Verissimo – 06a1288-1941

Chamada Clarissa em homenagem ao romance de estréia de seu pai, a primeira filha de Erico Verissimo nasceu em Porto Alegre, no ano de 1935. Em 1943, seguiu com os pais e o irmão, Luis Fernando, para os Estados Unidos, atendendo ao convite recebido por Erico para lecionar Literatura Brasileira em Berkeley, na Califórnia. A família viveria nos EUA até 1945, voltando ao país em 1953, quando Erico Verissimo assumiu o cargo de diretor do Departamento de Assuntos Culturais da União Pan-Americana. Durante essa segunda estada, em Washington, Clarissa Verissimo estudou arte dramática na Catholic University of America e trabalhou com teatro amador e profissional. Foi também durante esse período que conheceu o físico David Jaffe, que se tornaria seu marido em 1956. Nos dois anos seguintes ao seu casamento, trabalhou em peças como Doctor's Dilemma, *de George Bernard Shaw, e* The Purification, *de Tennessee Williams. Em 1965, retomou a atividade cênica, interrompida pelo nascimento de seus três filhos, passando a dirigir grupos de teatro amador; gradativamente, porém, o teatro seria substituído pela pintura, a que hoje se dedica, tendo realizado mostras individuais em Porto Alegre e Washington.*

"Quando me pediram para escrever um depoimento sobre o meu pai, eu logo me lembrei de procurar ajuda nas palavras dele, nas cartas que me escreveu entre 1956, ano em que casei e vim morar nos Estados Unidos, e 1973, ano em que meu marido e eu, com nossos três filhos, fomos morar em Porto Alegre por um período indefinido.

Como naquela época chamadas telefônicas não eram uma opção e e-mail não existia, nossa correspondência era volumosa. Acho que, como todo escritor, o pai expressava-se melhor e mais à vontade escrevendo.

Mesmo na correspondência, ele tinha um medo horrível de ser dramático e sempre recorria ao humor para evitar emoção demais. As cartas dele eram cheias de notícias da família e dos amigos. Contava o que se passava na casa, na cidade e no país, tentando me manter ligada, apesar da grande distância. Contava sobre o livro que estava escrevendo no momento e compartilhava comigo a sua frustração quando não estava conseguindo escrever.

Quando as coisas iam bem, as cartas eram grandes e noticiosas, quando não, eram 'só um bilhete', mas não deixava de escrever. Falava em saudades (de mim e, depois, dos netos), mas sem drama. Começava as cartas com: 'Querida Clara', 'Claroca', 'Claruca', 'Clorina', 'Shirley Therezinha', ou 'Querida *hija*', dependendo da sua disposição no momento. Enchia as cartas de desenhos, caricaturas dele mesmo, gatos, anjos, etc..

Não tenho memórias da minha infância. Tenho vagas lembranças da nossa primeira viagem aos Estados Unidos, em 1943. Na viagem entre a Flórida e a Califórnia, lembro do pai descendo do trem para comprar umas bolachas para nós, pois, naquele momento, não tínhamos dinheiro para comer no vagão-restaurante. Na viagem de volta para o Brasil, num vapor pequeno e sem muitos confortos, que levou 23 dias para ir de Nova York ao Rio de Janeiro, o pai ia cuidando de nós três, pois era o único da família que não estava enjoando.

Durante a minha adolescência, sempre pronto a satisfazer as minhas vontades, dava grandes voltas de automóvel pelas ruas de Porto Alegre para passarmos em frente da casa do meu 'amor' do momento, nunca fazendo pouco das paixões dos meus 14 anos.

Claro que eu sabia que o pai não era bem como os outros pais.

Ele trabalhava em casa, estranhos na rua chamavam o nome dele, ônibus com turistas passavam por nossa residência, paravam e apontavam. Ele era um pai que, na volta da sua viagem aos Estados Unidos em 1941, me trouxe uma foto autografada da Sonja Henie, minha atriz preferida na época. Um pai que ensinou o Gary Cooper a dizer umas frases em espanhol. Um pai cujos livros viravam filmes e tínhamos estréias com astros e estrelas, luzes e fotógrafos; eu, aos 14 anos, ficava deslumbrada e orgulhosa.

Eu sabia que ele era escritor, mas o que escrevia eu não tinha bem certeza, pois só aos 18 anos, quando estávamos morando em Washington, D.C. foi que me deram licença para ler outros livros dele além de *Clarissa* e dos livros infantis. Foi com *Música ao Longe* que comecei a ter uma nova visão dessa pessoa que era meu pai. Que grande surpresa ao me dar conta de que ele sabia 'coisas da vida' e que '-entendia' o que era desejo, amor, etc.. Gostaria de poder dizer que essa experiência mudou por completo minha atitude quanto ao 'velho'; mas, afinal de contas, ele continuava a ser meu pai – e claro que pai nunca sabe tudo.

Quando, no fim da nossa estada em Washington, eu lhe dei a notícia de que estava namorando um rapaz americano e que estávamos pensando em casar, não houve grande drama, apesar de isso ter sido o seu maior medo quando ele aceitou o posto de diretor cultural da União Pan-Americana.

Ele só me fez um pedido: casar em Porto Alegre. Mais tarde me contaria que não conseguiu dormir naquela noite.

O meu casamento, em 1956, foi uma mistura de alegrias e tristezas. O pai, sério e compenetrado como o pai da noiva. No aeroporto, na hora da nossa despedida, ele apelou para o humor a fim de disfarçar a emoção do momento e pediu que, logo que chegasse a Washington, eu queimasse a gravata do meu marido. Mas, ainda no Rio de Janeiro, durante a nossa lua-de-mel, recebi uma carta do pai em que ele diz, 'Clarissa querida, vamos bem, agüentando bravamente a saudade, e a idéia de que estás feliz nos ajuda a não sentir *too much* tua ausência'. Termina: 'E à hora do crepúsculo ergue teu pensamento para teus extremosos progenitores'.

Dois anos depois do meu casamento e de minha vinda para os Estados Unidos, o pai e a mãe fizeram a primeira das que seriam várias viagens para nos visitar. O meu primogênito já tinha um ano e meio, e o Erico avô era como o Erico pai: carinhoso e paciente, pronto para brincar com o neto e, mais tarde, com todos os netos, fazendo mágica e representações, para o grande divertimento da criançada.

Lembro-me do pai como uma presença quieta e calma. Uma vez, um amigo meu em Washington me disse: 'O teu pai parece saber o segredo do universo; eu gostaria de sentar aos pés dele e ouvir tudo que ele tem para dizer'. Eu pensei comigo mesma: 'Espera sentado mesmo, pois ele fala muito pouco e geralmente não tem nada a ver com o segredo do universo'.

Recordo o pai regendo orquestras fantasmas enquanto ouvia Bach, Brahms ou Mozart com o volume a toda força. Ele podia, de repente, aparecer à mesa do almoço com um bigode pintado com um lápis de sobrancelha. Ou com um lenço amarrado na cabeça cantando uma canção sobre uma 'pobre velhinha que vinha da Sibéria', que até hoje não sei se era uma música verdadeira ou inventada por ele.

Quando eu ou meu irmão fazíamos alguma coisa errada, o maior castigo era olhar para a cara do pai, que não ficava brabo, ficava triste. Seria melhor se ele ficasse brabo. Era um pouco distraído, principalmente quando estava escrevendo. Muito carinhoso e paciente, era um apaixonado pela família.

Herdei dele o amor pelas cores. Assim como ele "pintava" os livros que escrevia, imaginando determinadas cenas em certos matizes, eu, na época em que estava trabalhando no teatro, dirigindo várias peças, empregava cores da mesma maneira. E hoje em dia, muitos anos depois, sinto o mesmo prazer em usá-las, agora com tintas na tela. Com o meu pai, aprendi a gostar de desenhar, a ouvir música clássica e a apreciar um belo pôr-do-sol.

Em 1973, ele ficou muito feliz com a nossa ida para Porto Alegre. Finalmente, toda a família estava ao redor dele: os dois filhos, a nora, o genro e os seis netos. Em 27 de novembro de 1975, resolvi festejar o *Thanksgiving* [Dia de Ação de Graças, principal festividade dos EUA] na minha casa em Porto Alegre, reunindo a família inteira para uma ceia típica desse feriado norte-americano, com peru e torta de abóbora. Tudo correu à perfeição. No dia seguinte, ele faleceu. Não acredito em pressentimentos, mas agradeço o que quer que tenha me levado a festejar o *Thanksgiving* naquele ano. ”

Rogério Reis/Tyba

Nascida em 1948, a tradutora carioca Rosa Freire d'Aguiar é formada em Jornalismo pela Pontifícia Universidade Católica do Rio. Na imprensa, sua trajetória sempre foi marcada por entrevistas de escritores – como a realizada com Erico Verissimo, para a revista Manchete, em 1973, *relembrada aqui. O interesse pela literatura se estendeu nos 14 anos em que foi correspondente em Paris, primeiro para a mesma* Manchete *(1973-76) e, em seguida, para* Istoé *(1977-86). Durante esse período, levou aos leitores conversas com, por exemplo, o belga Georges Simenon, o argentino Julio Cortázar e o romeno Eugène Ionesco – que viviam na França –, realizadas em 1976, 1978 e 1982, respectivamente. No regresso ao Brasil, passou do jornalismo à edição, na Paz & Terra e na Companhia das Letras, para a qual tem realizado a maioria de suas traduções – a partir do espanhol, do francês e do italiano, em originais assinados por nomes como Ernesto Sabato, Louis-Ferdinand Céline e Italo Calvino. Em 2001, recebeu a menção honrosa do Prêmio União por sua versão de* O universo, os deuses, os homens, *do helenista francês Jean-Pierre Vernant.*

"Encontro marcado para depois do jantar, na casa da rua Felipe de Oliveira. Ele está sentado em sua poltrona predileta, ao lado da lareira acesa, pernas esticadas sobre um banquinho e cobertas pela manta xadrez. Aceitou falar dos acordes finais que dá a *Solo de clarineta*, o esperado livro de memórias. Chego preparada, li diversos romances seus, críticas. Como será ele? Retraído? Bem-humorado? E, cruzo os dedos, falante? Ai, ai, ai. Primeira descoberta: o homem de 'cara de índio' é de muito escrever, mas de pouco falar. A jornalista novata quer fazer bonito em sua primeira entrevista com um escritor, ah, se ele fosse tagarela. Ou pelo menos como dona Mafalda, no sofá em frente, que puxa conversa, serve café, tricota um suéter cor-de-laranja, 'mais um cafezinho?', dois dedos de prosa, até enxotar os fantasmas do silêncio e do acanhamento. Podemos começar a gravar, desbastar o calhamaço que preparei, 'até parece um questionário da Inquisição'. Eu disse gravar? Ai, ai, ai. Segunda descoberta: o gaúcho sem sotaque, o artesão de histórias que cruzaram caminhos, tempos e ventos, é avesso ao artefato gravador. O *não* é doce, mas inequívoco. Acompanhado de uma contraproposta: posso ir todas as noites à sua casa, quantas forem necessárias, e calmamente iremos conversando, 'palavra puxa palavra'. Nove noites o escritor falou de personagens ('tenho uma ternura particular por Clarissa'), obsessões ('a perda e a busca do lar'), temores ('ah, quantos períodos em que tive a impressão de que estava esgotado, seco!'). Nove noites tomei notas, abreviadas, por extenso, febril, voltei em silêncio para o hotel: não quebrar o eco da música ao longe.

Alev – 06a0936-1974

O espelho do escritor

"No princípio de minha vida literária sonhei vagamente com a idéia de ficar na sombra, não publicar notas biográficas e, principalmente, não permitir a reprodução de retratos meus na imprensa."

O desejo – relembrado por Erico Verissimo a Rosa Freire d'Aguiar, em entrevista a *Manchete*, no ano de 1973 – passou bem ao largo dos acontecimentos reais. Ano após ano, o autor viu sua popularidade aumentar de tal forma que se tornou difícil para ele evitar as páginas dos principais veículos do país.

Isso se deveu, também, a um dado incontornável: a "confissão" pressupunha uma atitude contrária à que o escritor afirmaria ao longo da vida. Apesar de dizer-se tímido – e, de fato, o era – Erico jamais se recusou ao contato e, com a mulher, Mafalda, costumava receber toda a gente que ia à sua casa de Porto Alegre. Os visitantes eram não só jornalistas mas também alunos e professores, ou, ainda, jovens que pretendiam se arriscar na literatura e nele buscavam conselhos e encorajamento.

Na impossibilidade evidente de mais uma entrevista, esta seção buscou, em arquivos de jornais e revistas, as opiniões de um Erico Verissimo maduro – foram privilegiados os depoimentos posteriores à publicação de *O tempo e o vento* – a respeito dos temas que ele seria instado a abordar com maior freqüência. Como nada mais somos do que aquilo que fazemos, pensamos e expressamos, a compilação de tantas manifestações do autor acaba se cristalizando como seu espelho.

E o homem diante do espelho exibe, na modéstia, a lembrança de sua origem; fala com franqueza do que perseguiu na vida, a busca do lar perdido; de seu processo criativo e do ofício que escolheu. Aborda, também, temas ditos "polêmicos" – a política, a sociedade, o sexo –, num registro que apaga de vez qualquer dúvida que ainda pousasse sobre seu nome, no que tange à sua postura ética diante das questões que marcaram o mundo em que viveu: não era omisso; tinha (e queria ter) esperança no homem; era, talvez, um romântico.

Que fale por si o escritor.

O ficcionista

"O que penso de mim mesmo? Depende da ocasião. Nos momentos escuros, minha tendência é considerar tudo quanto produzi até hoje medíocre ou mesmo mau. Nas horas claras, porém, olho com mais indulgência para a minha obra e concluo que, dentre os vinte e poucos livros que escrevi até hoje, uns três ou quatro possuem alguma importância e pelo menos um deles – creio que *O continente* – sobreviverá por algum tempo. Sei que não sou, nunca fui, um *writer's writer*, um escritor para escritores. Não sou um inovador, não trouxe nenhuma contribuição original para a arte da ficção. Tenho dito e escrito repetidamente que me considero, antes de mais nada, um contador de histórias. Ora, nos tempos que correm, contar histórias parece ser aos olhos de certos críticos o grande pecado mortal literário. A chamada 'boa crítica' considera a história ou *estória*, como queiram, uma forma inferior de arte. Na minha opinião isso é, por um lado, uma atitude esnobe e, por outro, um equívoco semântico segundo o qual a *história* passa a ser sinônimo de *anedota, enredo, intriga*.
Nota-se também hoje em dia uma grande preocupação com a busca de novos meios de expressão verbal. Nunca a linguagem literária foi tão importante como em nosso tempo. Fazem-se com as palavras e suas combinações sintáticas as mais estranhas experiências. Estou certo também de que nesse setor minha contribuição tem sido pobre ou nula. Não ignoro, porém, que para tentar descrever o indescritível, exprimir o inexprimível, transmitir ao leitor certos estados de espírito particulares – angústias, alucinações, sonhos, delírios e mesmo certos pensamentos e sentimentos sutis do cotidiano – o escritor é obrigado a esquecer a sintaxe gramatical e recorrer à sintaxe psicológica (no Brasil ninguém faz isso melhor que Clarice Lispector e Guimarães Rosa, na minha opinião duas figuras literárias de estatura internacional)."

Alev – 06a0776-1975

"Em geral quando termino um livro encontro-me numa confusão de sentimentos, um misto de alegria, alívio e vaga tristeza. Relendo a obra mais tarde, quase sempre penso: 'Não era bem isto o que queria fazer'."

("Um escritor diante do espelho", por Erico Verissimo. Revista *Realidade*. São Paulo, novembro de 1966)

"*O tempo e o vento* é o mais importante no meu rebanho. E *Saga*, a ovelha negra. Não sou meu autor favorito."

"Meus livros estão longe de ser memórias disfarçadas. Uso neles as minhas vivências. Aqui e ali o inconsciente me atraiçoa. Estou um pouco até nas velhas de *O tempo e o vento*. O meu sósia espiritual é Floriano, de *O arquipélago*. Trata-se de um retrato psicológico. Mas que nada tem de autobiográfico no que diz respeito a atos e fatos."

"O perigo que o sucesso me poderia trazer era o de me levar a repetir a *receita* que tanto agradara ao público. Nessa hora me valeu o bom senso de neto de tropeiro. Fiz uma parada voluntária, deixei de escrever durante quase cinco anos, para me observar melhor, de fora para dentro. Sim, e também para me submeter a um processo de *desintoxicação de mim mesmo* pelo silêncio."

("Um gaúcho sem esporas", por Maria Ignez Corrêa da Costa. *Jornal do Brasil*. Rio de Janeiro, 21.12.68)

"Planejo, mas nunca obedeço rigorosamente ao plano traçado. Os romances (você sabe disso melhor do que eu) são *artes* do inconsciente. Por outro lado, estou quase a dizer que me considero mais um artesão do que um artista. E com isso você compreenderá melhor por que a crítica não me considera profundo."

("Não sou profundo. Espero que me desculpem", por Clarice Lispector. Revista *Manchete*. Rio de Janeiro, 04.01.69)*

"Talvez eu seja linear... e daí? O que é 'não ser linear'? Escrever de maneira obscura? Inventar uma nova língua? Turvar as águas para dar uma idéia de profundidade? Não tenho talento nem paciência para essas coisas. [...] Há pessoas que na realidade deviam escrever ensaios psicológicos ou políticos, mas insistem em escrever romances. Prefiro a ficção americana, preocupada com os problemas do homem, no *aqui* e no *agora*, à francesa, tão formalista e fascinada por aventuras da técnica e da linguagem. O famoso *nouveau roman* me parece morto e enterrado. No entanto Georges Simenon está ainda vivo. Na minha opinião, é o melhor contador de histórias de nossa época, um verdadeiro Balzac moderno. (Perdão por ter citado Balzac.)"

("Erico Verissimo: 'Sou engajado com a vida'", sem assinatura. *O Globo*. Rio de Janeiro, 24.01.70)

"Quando o consciente percebe (o consciente às vezes é meio lerdo em matéria de percepção de coisas sutis) que está correndo o risco de 'copiar' uma pessoa da vida real, ele trata de 'despistar' e usar apenas em parte – ou recuar totalmente – as informações do inconsciente. Um verdadeiro romancista não fotografa, quero dizer, não retrata conscientemente as pessoas que conheceu. Mesmo que queira fazer isso, verá que não é de todo possível. Muitas vezes fiz planos para um personagem meu, e lá de repente ele começou a dizer e fazer coisas que não estavam previstas. Isso era um sinal de que tinha vida própria, estava vivo. O remédio sensato foi deixá-lo livre. Isso aconteceu com Rodrigo Cambará, Ana Terra, Bibiana, Bio e dezenas de outros personagens.

Dou um exemplo específico. Em 1954, no saguão de um hotel na cidade de Caracas, onde me encontrava tomando parte de uma reunião interamericana de ministros de Educação da OEA, vi sair de um elevador um homem de meia idade, tipo indiático, metido em roupas evidentemente novas, compradas para a ocasião, e com um chapéu Gelot na cabeça. Achei o tipo curioso (um bugre diplomata, pensei) e 'esqueci' a imagem e o momento. Ora, quem esqueceu foi o consciente. O inconsciente registrou tudo isso. E nove anos mais tarde, no Brasil, estando com papel e lápis na mão, a pensar em como deveria começar um livro de impressões sobre a Grécia, eis que a mão – dirigida pelo inconsciente – desenha uma cara indiática coroada por um chapéu Gelot. Esqueci Atenas e fixei-me no desenho. Uma idéia começou a nascer... Escrevi por baixo da figura *O senhor embaixador*. Essa foi a origem do romance desse nome que apareceu no Brasil dois anos mais tarde e já foi traduzido para o inglês, o alemão e o russo."

("Erico, retrato de um escritor", por Maria Dinorah. *Correio do Povo*. Porto Alegre, 07.06.70)*

"Era uma versão sofisticada do *Incidente*, embora com técnica narrativa diferente. Passava-se em Porto Alegre. A figura central vive apenas durante alguns dias da ação do livro. Depois morre, a narrativa passa a ser feita, ou melhor, a estória passa a ser vista do ângulo privilegiado onipresente e onisciente do morto. Fantástico, não? Pois é... A cabeça de um romancista é pior que aqueles porões de casas velhas de Antares, cheios de surpresas e ratos. O tema é ainda – um pouco, pelo menos – o baile de máscaras, a mitologia cotidiana e, como sempre, a política. Creio, porém, que o projeto ficou definitivamente cancelado."

("Um país em julgamento", por Paulo Totti. Revista *Veja*. São Paulo, 17.11.71)*

"Uma vez assisti, no Mills College de Oakland, Califórnia, a uma conferência do escritor Julien Green

* Trechos extraídos do livro *A liberdade de escrever – Entrevistas sobre literatura e política* (São Paulo: Globo, 1999).

que, lá pelas tantas, disse: 'O romancista é um alucinado que se assusta dos fantasmas que ele próprio cria.' Acho que isso, pelo menos em parte, é verdade. Jamais um 'alucinado' será capaz de examinar-se objetivamente, com olho crítico, neutro e classificador. Ora, as palavras de Green me parecem verdadeiras só 'em parte', porque esse alucinado trabalha muitas vezes com método. Eu tenho o meu. Começo um romance fazendo um roteiro parecido com os de cinema e, às vezes, chego a desenhar a cara dos personagens... Mas, lá de repente, fico tomado por esse curioso demônio que costuma visitar os novelistas e lá se vai o método águas abaixo. O resto é mistério."

"Bom, eu poderia dizer que o *Incidente* é uma espécie de Guaíba, um estuário em que se encontram vários, isto é, várias tendências deste autor. Sempre senti dentro de mim (estou simplificando, é claro, pois a coisa toda é muito mais complexa) um poeta que não faz poesia porque *tiene la pata dura*, e um satirista, que nunca se expandiu plenamente porque sofria a sobrecarga do poeta. Ora, neste último romance o satirista se concedeu um grande feriado, o que não quer dizer que o poeta tenha sido esmagado ou proibido de exprimir-se. Aqui e ali ele aparece, tímido. O clima que envolve *Antares* e as personagens da história é de tal natureza mefítico, como diria o Lucas Lesma, que dentro dele o poeta mal encontra fôlego e voz. Voltando à imagem hidrológica: O *Incidente* é um estuário em que se encontram os rios mais caudalosos (ou insidiosos) de minha personalidade – o satirista, o poeta, o puro narrador, o homem interessado em problemas políticos e sociais e também o sujeito meio sinistro que, com freqüência, se compraz em descrever velórios e, muitas vezes, em sua longa vida literária escreveu sobre fantasmagorias. Para compreender a gêneses de *Incidente em Antares* é preciso ler os contos que escrevi entre 1929 e 1931... e está claro que ninguém tem tempo para isso, nem mesmo eu. Pois bem: todos esses 'sujeitos' que moram dentro de mim marcaram encontro em *Antares*, cidade imaginária, onde aconteceram coisas do arco-da-velha (ou terá sido tudo ilusão?)."

"Ora, não sou o que se costuma chamar 'um romancista profundo', e isso tem sido dito e escrito mil vezes nestes últimos quatro decênios. Os meus primeiros romances, digamos de *Clarissa* a *Olhai os lírios do campo*, mostram um autor apressado – o diabo do homem só podia escrever suas coisas nas tardes de sábado, pois tinha de ganhar a vida em outras atividades. Olhava o mundo dum ângulo lírico e plástico e, na sua boa vontade ingênua, achava que lhe bastava pedir aos homens que se amassem e não se destruíssem, para contribuir com algo para a paz e a felicidade do mundo. Está claro que era uma grande tolice. Havia, entretanto, nesses meus primeiros livros algo de aproveitável e eu quero crer que foi a capacidade do autor de contagiar o leitor com seu amor à vida, com a sua boa-vontade para com os outros homens que lhe valeu os leitores que teve para aqueles primeiros romances, muitos dos quais ainda lêem até hoje."

"Sem chegar a aprender a escrever mesmo (são poucos os que conseguem isso), a partir de *O resto é silêncio*, dei a meus livros melhor construção, estilo e substância. E não esqueça que logo depois dessa aquarela da vida cotidiana que é *Clarissa*, escrevi *Caminhos cruzados*, que já é uma obra de denúncia. É ridículo, mas cheguei a ser chamado à Polícia Central por causa desse livro (o chefão queria saber se eu era mesmo comunista...)."

"Nesta altura da minha carreira (e lá vai outra confissão), sinto uma espécie de autonáusea, quero dizer, estou enfadado da minha maneira de escrever. Gostaria de começar de novo, não sei bem em que direção... mas, começar. Sei que isso é impossível."

("Somos todos uns mentirosos", por Celito De Grandi. *Correio da Manhã*. Rio de Janeiro, 19.11.71)

"Não penso muito. É um hábito meu. Feito o livro, passo a ver nele uma espécie de cordial inimigo. Um professor de literatura que gostou do *Incidente*, confessando que essa minha 'renovação' foi para ele uma surpresa agradável, me disse – 'Agora vamos ver o próximo livro!' Ora , essas simples palavras transformaram o *Incidente* num ponto de referência implacável, numa meta a superar, em suma, num adversário, num competidor. O que melhor posso afirmar de *Incidente em Antares* é que nele eu disse tudo ou quase tudo que queria dizer. E que nunca imaginei que esse romance fosse ter da parte do público e da crítica (pelo menos até agora) a recepção favorável que tem tido. Acho que nele ofereço largas superfícies vulneráveis e brinco com fogo."

("Verissimo: evite o espelho mágico", por Carlos M. Fernandes. *O Estado de S.Paulo*, 12.03.72)

"Eu não podia imaginar a reação do público ante esse livro macabro [*Incidente em Antares*]. Foi um tiro no escuro. Desses em que o autor agarra o trabuco, fecha os olhos, puxa o gatilho e ele mesmo se assusta da explosão. A verdade é que não sei se eu mesmo gostei do romance. Dei nele o meu melhor, isso eu sei. Agora tenho medo duma releitura.
Se recebi protestos? Protestos, propriamente, não. Vários leitores leram o *Incidente* de lápis na mão, anotando 'cochilos' do autor. Muitos deles ocorreram, não nego. Mas a verdade é que, assim como em poesia existe o que se chama 'licença poética' (quantas o velho Camões usou!), em ficção existe o que se poderia chamar 'licença novelesca'. [...] A maior foi a que tomei em relação aos sete mortos insepultos. Uma vez que o leitor aceita isso como possível, tudo mais passa a valer. Outra foi a criação de Antares, que não existe nos mapas. Logo que decidi escrever o romance, estendi no chão uma carta geográfica do Rio Grande do Sul e comecei a procurar um local para a minha cidade fictícia. Resolvi 'fundá-la' junto duma curva do rio Uruguai, um pouco acima de São Borja (não conheço 'pessoalmente' a região missioneira do Rio Grande do Sul). Perguntou-me um leitor como era que uma cidade maior do que Itaqui e Quaraí, com uma indústria que empregava cerca de mil operários, não estava no mapa."

"Penso vagamente em retomar *A hora do sétimo anjo*. Ou escrever uma novela, quero dizer, um romance curto, com poucas personagens. O diabo é que ando meio (ou muito) saturado de minha própria literatura, que agüento há 40 anos. Seria bom se pudesse começar tudo de novo, mas com conhecimento dos erros cometidos pelo *eu* anterior. Ter outros pontos de referência. Outro estilo. Outras experiências. Mas, como isso é impossível, vou continuar com esse sujeito com quem vivo há 66 anos e estimo muito, mas que não admiro."

("O senhor de Antares e os fantasmas de Paris", por Hermilo Borba Filho. *Diário de Pernambuco*. Recife, 31.08.72)*

"Eu tenho de dar um jeito nessa minha preguiça e começar a trabalhar. Eu, antes de fazer *Incidente em Antares*, tinha um livro inteiro estruturado. Eu quero encerrar a série de romances de Porto Alegre com esse livro, que tinha nome, eu não sei se vou poder conservar esse nome – *A hora do sétimo anjo*. É um apanhado de Porto Alegre, 30 anos depois do último livro sobre a cidade, que foi *O resto é silêncio*. E vou escrever também para criança."

("Um homem simples na paisagem de sua eterna

Alev – 06a1391-1974

inspiração", por Eunice Jacques. *Jornal do Brasil*. Rio de Janeiro, 26.12.72)

"Cheguei a um ponto de auto-saturação, autonáusea de minha obra literária, que me torna um pouco difícil escrever. Eu gostaria de ter, agora, o mesmo entusiasmo de muitos anos atrás. E, ao mesmo tempo, ando tão apaixonado pela literatura. Estou fascinado pela Semiologia, por exemplo. Eu sei que quem escreve deve ser mais instintivo que racional. Sei que, com 67 anos de idade, a gente já não pode mais querer ter 30 ou 40. A gente já sabe o que vai fazer da obra e, ao mesmo tempo, tem a curiosidade de evitar os cacoetes que se criou (cacoete não é estilo, não achas?), sentindo a enorme riqueza temática que o Brasil de hoje (a gente moça) nos oferece e que não se esgota em nada. Há tantas coisas novas que eu nem conheço; e de repente a gente entende o trabalho que se fez uma vida toda. Eu estou um pouco amorfo, talvez, mas é por um enorme amor à vida que a gente faz a arte. Multiplico a minha vida na criação da de outros."

("Multiplico a minha vida na criação da de outros", por Antonio Hohlfeldt. *Correio do Povo*. Porto Alegre, 07.01.73)*

"Pode-se passar a vida escrevendo novelinhas-poemas como *Clarissa* se fecharmos os olhos a certos aspectos sórdidos negativos da vida. Gosto muito do ditado anglo-saxão segundo o qual 'é preciso um pouco de tudo para fazer-se um mundo'. É preciso saber que as condições econômicas de minha vida pessoal, particular, influenciaram muito os romances que escrevi entre 1933 e 1940. Observe-se como minhas personagens dos livros dessa época preocupavam-se com as contas a pagar no fim do mês. Eu trabalhava longe e duramente mais de 12 horas por dia. Traduzia livros de várias línguas para o português (mais de 40) para programas de rádio para a infância, armava páginas femininas para o *Correio do Povo*, tudo isso enquanto trabalhava na revista e na editora da Livraria do Globo. Tudo isso explica a pressa com que escrevi meus próprios romances naquela década de 30. Considero essa fase de minha carreira um período de exercícios em que me preparei – consciente ou inconscientemente – para a obra com que comecei a sonhar depois de 1935 e que acabou sendo publicada a partir de 1949 sob o título geral de *O tempo e o vento*."

("Sou contra a censura", texto não assinado. *Opinião*, Rio de Janeiro, 29.01.73)

"Estou longe de ser um regionalista. Mesmo em *O tempo e o vento* usei o mínimo de vocábulos ou expressões regionais. (Noto que hoje em dia se escreve muito em mineiro, baiano, pernambucano.) Em certo ponto de minha atividade de ficcionista, senti que devia ao Rio Grande do Sul um romance sobre sua gente, sua terra e sua história. Mas confesso que ainda me sinto atraído pela vida do homem moderno numa grande metrópole, com todos os problemas do nosso tempo. Outra coisa: um romancista que não é apenas um memorialista (e presumo ser este o meu caso) não deve ficar preso à sua querência (e aqui vai uma expressiva palavra gaúcha). *Noite*, novela que não foi compreendida por muitos críticos, mas que considero importante na minha obra – *Noite* se passa numa cidade que tanto pode ser Porto Alegre como Buenos Aires, Roma ou Madri."

"Minha mulher, em cujo julgamento tenho a maior confiança, vive a me dizer que as novelas escritas por brasileiros e que têm como cenário países estrangeiros em geral soam falso. Talvez esteja com a razão. Veja, bem, se eu escolhesse o Rio de Janeiro, São Paulo ou Recife, como local para um romance, correria o mesmo risco, pois não tenho intimidade com essas cidades."

"Sou fraco em matéria de pesquisas de qualquer natureza. Preguiça e falta de método. Um romancista é antes de tudo um intuitivo. Para *O tempo e o vento* fiz o mínimo de pesquisas. Não me arrependo disso. É muito perigoso para o romance quando o autor sabe demais sobre uma região ou uma época histórica. Sua tendência é usar tudo que sabe, isto é, atravancar as páginas do romance com móveis e utensílios etc."

"O importante é a personagem. Repito que a intriga é apenas o veículo. E pode ser também a maneira melhor de retratar um ambiente. Não compreendo a má vontade da crítica e de certos leitores esnobes para com a estória. Quem quiser evitar 'essa forma inferior de arte' que escreva poesia ou ensaio. Os que enchem a boca com a palavra História, com um imenso agá, esquecem-se de que ela é feita de estórias, intrigas, enredos. Como estudar a personalidade de Napoleão ou César sem as intrigas e as estórias de que eles foram personagens? Devo esclarecer que, no caso da ficção, estória é, como disse E.M. Forster, 'uma sucessão de acontecimentos na sua ordem de tempo'. (Eu diria 'ordem ou desordem'.)"

"Na criação de Ana Terra, até certo ponto me constrangi. Ao criar Clarissa traduzi para o sexo feminino minhas experiências de adolescente. Usei também observações que fiz de meninas adolescentes que conheci. Olívia é um tipo construído. Não se parece com ninguém que conheça. Em Bibiana e Maria Valéria vali-me de meu convívio com velhas, remotas tias, procurando meter-me na pele delas, sem o menor constrangimento. Fernanda é mais uma idéia do que uma pessoa."

"Sim, meus primeiros livros foram escritos às pressas, em aparas de tempo, durante um período de minha vida em que eu trabalhava mais de dez horas por dia na revista e na editora da Globo. Nem todos os críticos mudaram de opinião a meu respeito depois que publiquei a trilogia. Alguns não leram os volumes que a compõem. Não poucos dentre eles continuam julgando minha obra pelos meus primeiros romances. Mas esse novo caminho dos meus últimos romances não foi uma resposta aos críticos e sim a mim mesmo, à minha autocrítica. Está claro que quem mudou fui eu. Eu sabia que podia dar em meus livros mais do que estava dando. Mas – que diabo! – eu precisava de dedicar o melhor de meu tempo para ganhar o sustento da minha família..."

"A publicação de *Olhai os lírios do campo* foi um momento de grande perigo na minha vida de romancista. Corri o risco de repetir uma fórmula que provara ser do agrado do grande público. Sabe como reagi? Passei cinco anos sem escrever um romance sequer. Tomei um longo, belo banho de silêncio."

"Quantos vácuos se abriram na minha vida de escritor! Quantos períodos em que tive a impressão de que estava esgotado, seco! Esses momentos não chegam a me apavorar, mas me preocupam muito, me afligem... Minha mulher, que me conhece muito bem, não dá importância a essas crises. Sabe que de repente, sem o menor sinal prévio, ela pode ouvir o som de minha máquina, num rá-tá-tá de metralhadora. É que uma nova idéia me veio e eu comecei a trabalhar. O escritor usa vários truques para enfrentar essas panes. Um deles é forçar a mão. O outro é simplesmente esperar. Eu uso de ambos, alternadamente."

"Depois do *Solo de clarineta*, preciso saber antes de mais nada se ainda estou vivo e 'são de lombo', antes de pensar em *O dia do sétimo anjo*. E não juro que seja este o romance que vou atacar primeiro. O bom desse jogo literário é que ele nunca nos dá certezas matemáticas. As idéias para os livros parecem vir no vento. É uma espécie de processo de polinização. Processo misterioso. O ficcionista não deve tentar compreendê-lo. O que deve, isso sim, é evitar a inseminação artificial, pois ela produz livros como o meu romance *Saga*, o pior de quantos até hoje escrevi."

"Se me pedissem um adjetivo para me qualificar como contador de estórias, eu sugeriria engenhoso. Talvez este qualificativo possa ter conotação irônica ... mas que importa?"

("Erico Verissimo: um solo de clarineta", por Rosa Freire d'Aguiar. Revista *Manchete*. Rio de Janeiro, 04.08.73)

Estilo e linguagem

"Nunca estamos livres do perigo de ver as palavras usadas não como um meio de comunicação entre o autor e o leitor, mas como peças dum jogo esotérico hermético e, portanto, um fim em si mesmas. Creio que o enigma da vida é já tão complicado que o escritor não deve criar em torno dele outro enigma, nem mesmo de natureza verbal. A poesia, sim, é o reino das palavras, o campo próprio para experiências imagísticas, metafóricas, em suma, para to-

Leopoldo Plentz

da essa metafísica ou alquimia da linguagem. E há estados de alma que nem a poesia consegue descrever ou mesmo sugerir, e é nesse ponto que a música pode ser chamada em seu socorro."

"Quanto à questão dos 'nomes feios', creio que não existe nada mais ridículo que esse supersticioso temor a certas palavras que, afinal de contas, não passam de sinais ou símbolos convencionais."

"Por causa de palavras ou frases matamos ou morremos, sentimo-nos desgraçados ou infernizamos a vida dos nossos semelhantes. Qualquer ato ou fato, por mais reprovável que seja, de acordo com paradigmas morais rígidos, perde sua força, sua natureza pecaminosa e tende a ser ignorado ou esquecido quando não verbalizado, principalmente em romance! *Fazer*, pois, não é tão importante, tão grave quanto *dizer* ou *escrever*."

"E é exatamente por causa da exagerada importância que damos às palavras que muitas vezes resolvemos nossos problemas apenas no papel, isto é, de maneira verbal, e vamos dormir tranqüilos. Porque se ninguém jamais pronunciar ou escrever a medonha palavra de quatro letras a prostituição deixará de ter existência real."

("Um escritor diante do espelho", por Erico Verissimo. Revista *Realidade*. São Paulo, novembro de 1966)

"Pessoalmente, acho que a frecha de ironia, quando bem dirigida, fere mais que a pura deblateração. A sátira e a ironia dificilmente erram o alvo. Quem escolhe a arma é o próprio romancista...Ou pelo menos ele pensa que escolhe, pois continuo a afirmar que o processo de criação literária se opera no plano do inconsciente, repositório insondável de vivência, intuições, experiências..."

("Somos todos uns mentirosos", por Celito De Grandi. *Correio da Manhã*. Rio de Janeiro, 19.11.71)

O autor e seu tempo

"Não acredito em que haja no mundo nenhuma nação que esteja *planejando* sinistramente a nossa desgraça econômica e social. O que acredito é que existam empresas (estrangeiras e *nacionais*, notem bem) que procuram sempre os contratos mais vantajosos para si mesmas, uma vez que a mola real desse sistema capitalista em que vivemos é o lucro. Enquanto, porém, tivermos no governo homens de negócios, e não estadistas, não vejo nenhuma esperança de melhores dias para a economia nacional."

("A reforma do caráter é a reforma mais urgente para salvar o Brasil", por José Ney. *Jornal do Comércio*. Porto Alegre, 18.06.63)*

"Por que – perguntam-me às vezes – tenho eu tanta *preocupação* com o sexo? Ora, respondo, decerto é porque, no fundo, sou um moralista. Mora dentro de mim um pastor protestante a pregar interminavelmente um sermão apocalíptico contra o pecado da carne, e eu não posso consentir que esse homenzinho castre as minhas personagens ou a mim mesmo."

"Por outro lado quero contribuir para que o problema do sexo seja examinado com mais coragem, honestidade, espírito adulto e... saúde."

"Falando com a maior sinceridade, para mim pornografia é a crueldade do homem com seu semelhante, a exploração do homem pelo homem; obscenidade é a guerra, o genocídio. Os mocambos do Recife, as favelas do Rio e de centenas de outras cidades compõem as mais indecentes e repulsivas páginas e cenas da vida brasileira."

"Só quem pode e deve decidir sobre o comportamento político do escritor é o próprio escritor. Se ele quiser permanecer alheio a todos esses problemas e inquietações na sua torre de marfim e puder viver sem remorsos nessa ausência do mundo, que o faça e tenha bom proveito. Rechaço a idéia de que o escritor *deva* estar necessariamente a serviço dum *partido político*, mas aceito a de que ele *possa fazer* isso, se assim entender. Fala-se muito em literatura engajada. Repito mais uma vez que o engajamento dum escritor deve ser com homem e vida, no sentido mais amplo e profundo destas duas palavras."

"Já se tem dito e escrito que eu jamais me comprometo politicamente. Ridículo! Creio que durante estes 35 últimos anos tenho me manifestado claramente sobre problemas e acontecimentos políticos e sociais de maneira que me parece coerente e inequívoca, sempre a favor da liberdade e dos direitos do homem e contra todas as formas de opressão – coisa que nem sempre poderia fazer se fosse obrigado a seguir obedientemente a linha sinuosa e muitas vezes autocontraditória dum partido político."

"Considero-me dentro do campo do humanismo socialista, mas – note-se – voluntariamente, e não como um prisioneiro."

"Por que *socialista*? – hão de perguntar. Porque o extremismo da esquerda e o da direita não passam de faces da mesma moeda totalitária; e porque o centro é quase sempre o conformismo, a indiferença, o imobilismo."

"Poderá também o leitor perguntar como pode um homem que tanto preza a liberdade inclinar-se para o socialismo... Ora, é um erro imaginar que socialismo e liberdade sejam termos ou idéias que se contradizem. [...] É suficiente inteirar-se a gente do pensamento dos neomarxistas para compreender que Stálin e, em certos casos, também Lênin, deturparam as teorias de Karl Marx. Como resultado dessa deturpação, na Rússia Soviética stalinista criou-se uma nova classe de privilegiados, uma burocracia desumana e inumana e um novo tipo de alienação das massas, tudo em nome da ditadura do proletariado e do futuro socialismo no mundo."

"A dialética marxista é inseparável de seu humanismo. Segundo Marx, uma sociedade não pode ser livre se todos os indivíduos que a compõem não forem também livres."

"Se, por um lado, acredito na necessidade de todos os escritores e artistas terem uma consciência política e social que os torne responsáveis – e, portanto, merecedores da liberdade –, por outro lado estou cada vez mais convencido de que não cabe ao romancista apresentar *soluções* para as crises econômicas, políticas e sociais que nos atormentam."

("Um escritor diante do espelho", por Erico Verissimo. Revista *Realidade*. São Paulo, novembro de 1966)

"A portaria que determina a censura prévia no Brasil me causa indignação e ao mesmo tempo tristeza. É um sinal de que estamos encenando uma paródia da Idade Média."

"Que esperanças se pode ter num país em que o livro em geral é submetido ao arbítrio da polícia, em pé de igualdade com as mais baixas revistas pornográficas de finalidade puramente comercial?"

"Nenhum artista, nenhum escritor podem produzir e criar plenamente se não tiverem a mais

Porto Alegre

Cristiano Mascaro

GEOGRAFIA PESSOAL

SULAMÉRICA
Turismo

CINE

DESTEC INSTITUTO
SUL BRASILEIRO DE DESENHO

Vida
primor

Interior gaúcho

Edu Simões

Para muitos leitores, o nome de Erico Verissimo traz à lembrança a trilogia *O tempo e o vento* – o que é compreensível, dada a bem-sucedida ambição desse projeto de retraçar, ficcionalmente, a história da formação da identidade do Rio Grande do Sul. No entanto é também verdade que o autor cativou o público com romances que põem em foco a sua cidade de adoção, Porto Alegre. Basta lembrar *Olhai os lírios do campo* (1938), cujo sucesso foi decisivo para que passasse, enfim, a viver de literatura.

Aos poucos, o olhar sobre a sociedade porto-alegrense, já presente em *Caminhos Cruzados* (1935), se consolidaria como um dos eixos da obra do escritor. É a ele que se filia o livro que Erico deixou inacabado e com o qual pretendia encerrar seu ciclo de romances urbanos: *A hora do sétimo anjo*, título ao qual se dedica a presente seção.

O Acervo Literário de Erico Verissimo guarda vários esboços para o livro, cuja trama se contaria a partir do ponto de vista de um morto; o que aqui se apresenta foi retirado de uma caderneta de 1967 e registra uma particularidade do autor: a escrita em inglês, que muitas vezes usava ao tomar notas para uma obra – segundo Clarissa, sua filha, porque via no idioma uma concisão desejável para essa fase do processo.

Além de fac-símiles de três páginas inéditas do romance, em inglês – acompanhadas de transcrição em português, que tomou por base a tradução original de Maria da Glória Bordini, curadora do acervo do autor – os CADERNOS trazem um manuscrito ilustrado (outra característica de Verissimo era desenhar as personagens).

Até sua morte, em 1975, Erico trabalharia em *A hora do sétimo anjo* – que chegou a ter outros nomes, cenários, épocas e protagonistas. Tendo perdido muitos de seus elementos para *Incidente em Antares* (1971), também de temática metafísica, o romance sofreria mudanças, ainda, na sua estrutura narrativa, primeiro imaginada como uma espécie de homenagem ao *Brás Cubas* de Machado de Assis – um olho onisciente, que tivesse o poder de trafegar pelo tempo, pelo espaço e através da consciência das pessoas que deixara ao morrer. No trecho que se publica, Adriano Braga-Pomar – como então se chamava o principal personagem – se descobre detentor desses recém-adquiridos dons.

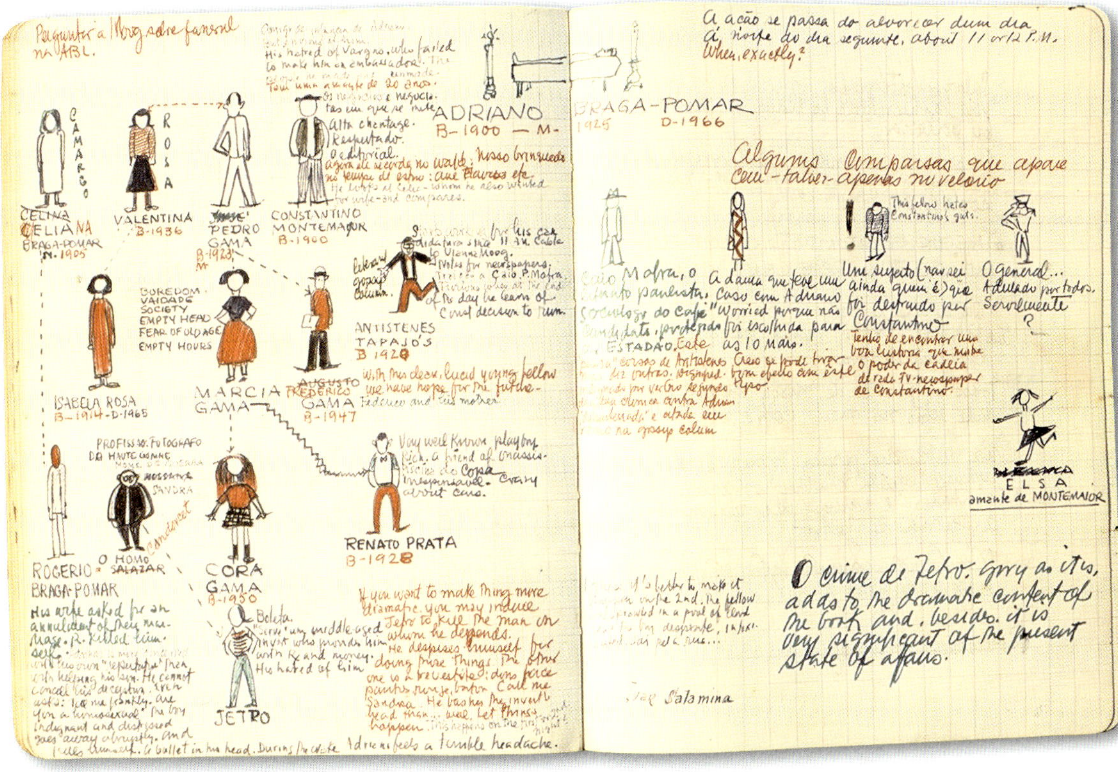

Fotos: Acervo Literário de Erico Verissimo (Alev) – 04a0007-1967a

Ao conceber um romance, Erico Verissimo habitualmente desenhava as personagens, buscando visualizá-las e ao seu lugar na trama; também costumava usar o inglês em anotações iniciais para a composição dos livros. Essas duas peculiaridades de seu processo criativo aparecem no fac-símile acima, em que se esboçam, por exemplo, Valentina (filha natural do protagonista Adriano Braga-Pomar), o próprio Adriano, morto, e outras figuras do inacabado *A hora do sétimo anjo*.

Alev – 04a0007-1967

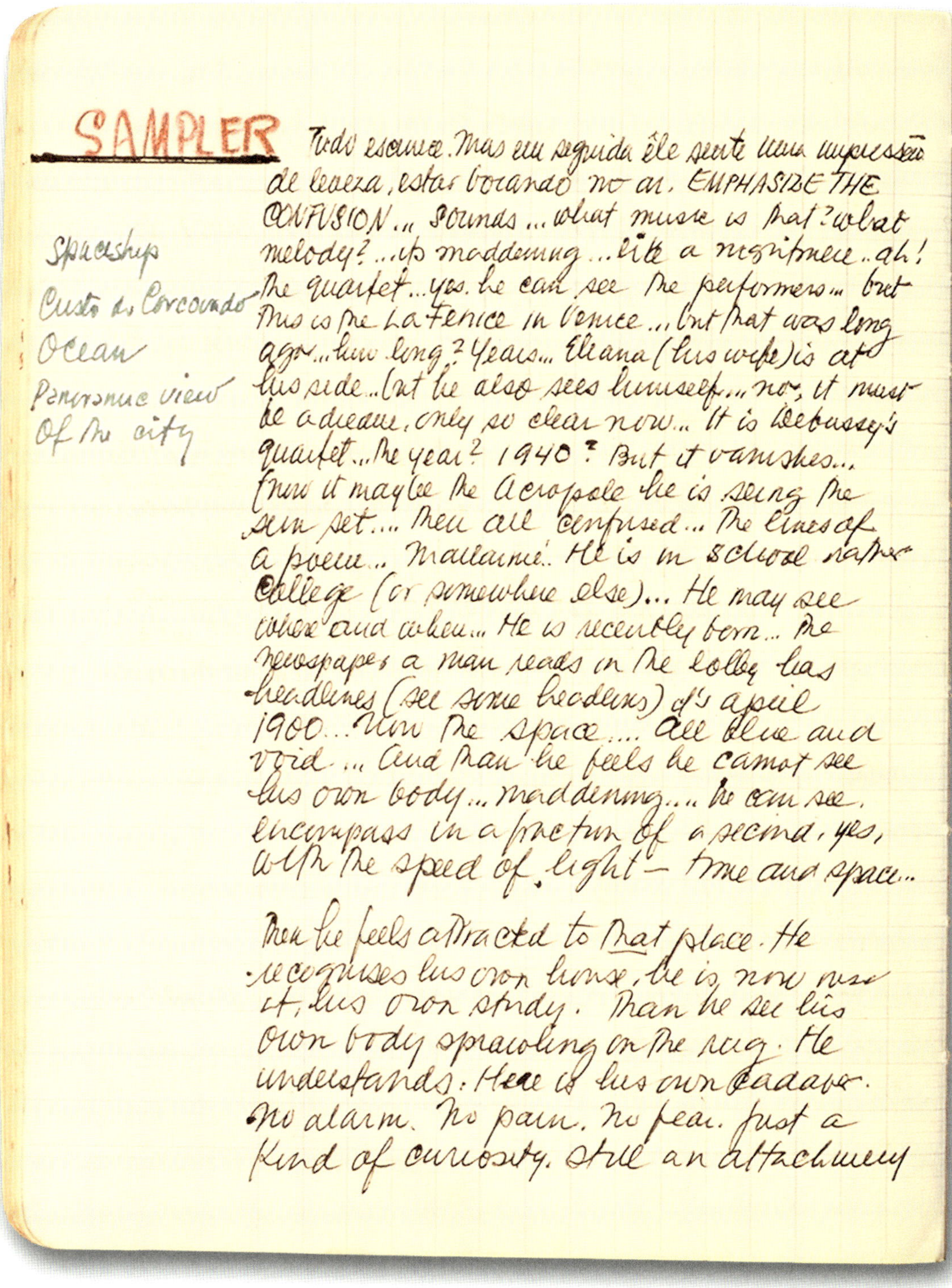

SAMPLER

Spaceship
Cristo do Corcovado
Ocean
Panoramic view
Of the city

Tudo escurece. Mas em seguida êle sente uma impressão de leveza, estar voando no ar. EMPHASIZE THE CONFUSION... sounds... what music is that? what melody?... it's maddening... like a nightmare.. ah! the quartet... yes. he can see the performers... but this is the La Fenice in Venice... but that was long ago... how long? Years... Eleana (his wife) is at his side... but he also sees himself... no, it must be a dream, only so clear now... It is Debussy's quartet... the year? 1940? But it vanishes... now it may be the Acropole he is seeing the sun set... then all confused... the lines of a poem... Mallarmé. He is in school rather College (or somewhere else)... He may see where and when... He is recently born... the newspapers a man reads on the lobby has headlines (see some headers) of 's april 1900... Now the space.... All blue and void... and than he feels he cannot see his own body... maddening... he can see, encompass in a fraction of a second, yes, with the speed of light – time and space...

Then he feels attracted to that place. He recognises his own house, he is now near it, his own study. Than he see his own body sprawling on the rug. He understands: Here is his own cadaver. No alarm. No pain. No fear. Just a kind of curiosity. Still an attachment

MOSTRUÁRIO

espaçonave

Cristo do Corcovado

Oceano

Vista panorâmica da cidade

Tudo escurece. Mas em seguida ele sente uma impressão de leveza, estar boiando no ar. ENFATIZAR A CONFUSÃO... Sons... Que música é essa? Que melodia?... é de enlouquecer... parece um pesadelo... Ah! O quarteto... sim, pode ver os intérpretes... mas isso é La Fenice em Veneza... mas foi há muito tempo... quanto? Anos... Eliana (sua mulher) está a seu lado... mas também vê a si mesmo... não, deve ser um sonho, só que está tão claro agora... É o quarteto de Debussy... o ano? 1940? Mas desaparece... Agora pode ser a Acrópole ele está vendo o pôr-do-sol ... Então tudo fica confuso... Os versos de um poema... Mallarmé. Está na escola, ou melhor, na faculdade (ou em algum outro lugar)... Pode ver onde e quando... Ele acaba de nascer... O jornal que um homem lê no saguão tem manchetes (ver algumas manchetes)... É abril de 1900... Agora o espaço.... Tudo azul e vazio... E então ele sente que não pode ver o próprio corpo... enlouquecedor... Ele pode ver, abarcar numa fração de segundo, sim, com a velocidade da luz – tempo e espaço...

Então se sente atraído para *aquele* lugar. Ele reconhece sua casa. Está agora dentro dela, em seu estúdio. Então ele vê seu próprio corpo esparramado no tapete. Ele compreende. Ali está seu cadáver. Nenhum alarma. Nenhuma dor. Nenhum medo. Apenas uma espécie de curiosidade. Uma ligação, ainda,

Alev – 04a0007-1967

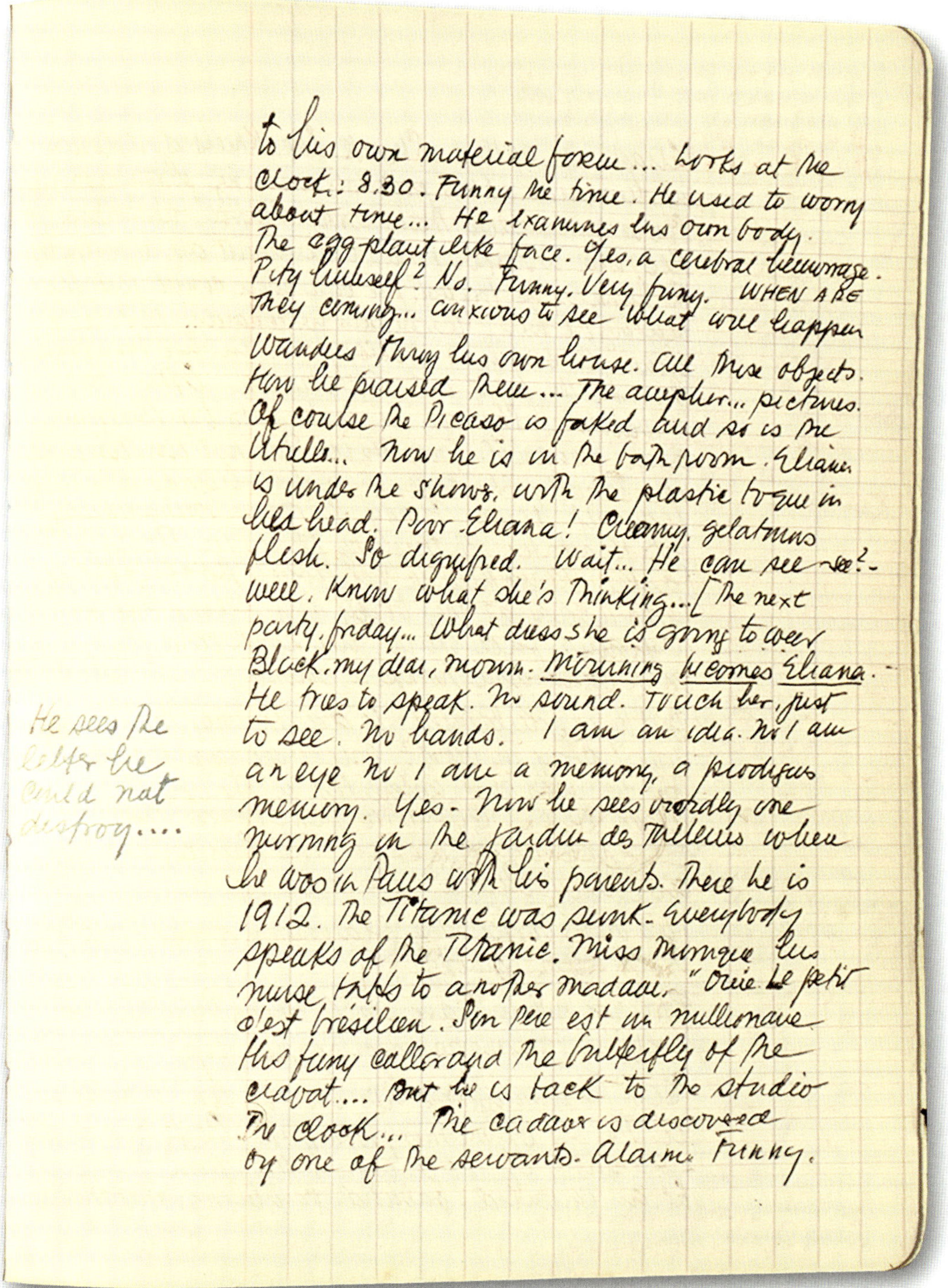

to his own material form... Looks at the clock: 8.30. Funny the time. He used to worry about time... He examines his own body. The egg-plant like face. Yes, a cerebral hemorrage. Pity himself? No. Funny. Very funny. WHEN ARE they coming... anxious to see what will happen. Wanders thru his own house. All these objects. How he praised them... The amphor... pictures. Of course the Picaso is faked and so is the Utrillo... Now he is in the bath room. Eliana is under the shower, with the plastic toque in her head. Poor Eliana! Creamy, gelatinous flesh. So disgusted. Wait... He can see see? - well. Know what she's thinking... [The next party, friday... What dress she is going to wear Black, my dear, mourn. Mourning becomes Eliana. He tries to speak. No sound. Touch her, just to see. No hands. I am an idea. No I am an eye. No I am a memory, a prodigous memory. Yes. Now he sees vividly one morning in the Jardin des Tuileries when he was in Paris with his parents. There he is 1912. The Titanic was sunk. Everybody speaks of the Titanic. Miss Monique his nurse talks to another madame. "Oui. Le petit c'est brésilien. Son pere est un millionaire. His funny collar and the butterfly of the cravat.... But he is back to the studio the clock... The cadaver is discovered by one of the servants. Alarm. Funny.

He sees the letter he could not destroy....

com sua forma material... Olha o relógio: 8:30. Engraçado o tempo. Ele costumava se preocupar com o tempo... Examina seu corpo. O rosto feito berinjela. Sim, uma hemorragia cerebral. Sente pena de si mesmo? Não. Engraçado. Muito engraçado. QUANDO virão eles? Ansioso por ver o que acontecerá, vagueia pela casa. Todos esses objetos. Como os apreciava... A ânfora... quadros. Claro que o Picasso é falso e também o Utrillo... Está no banheiro. Eliana está debaixo do chuveiro, com a touca plástica na cabeça. Pobre Eliana! Carne cremosa, gelatinosa. Tão digna. Espere... Pode ver – ver? –, bem, saber o que ela pensa... [a próxima festa, sexta-feira... Que vestido vai usar...]. Preto, querida, luto. *O luto assenta em Eliana.* Ele tenta falar. Nenhum som. Tocá-la, só para ver. Não tem mãos. Sou uma idéia. Não, sou um olho. Não, sou uma memória, uma memória prodigiosa. Sim. Agora ele vê vividamente uma manhã no jardim das Tulherias, quando estava em Paris com os pais. Ali está ele. 1912. O *Titanic* afundara. Todos falam do *Titanic*. Miss Monique, sua babá, diz a outra senhora. *"Oui, le petit c'est brésilien. Son père est un millionaire."* Seu colarinho engraçado e a borboleta da gravata... Mas está de volta ao estúdio. O relógio... O cadáver é descoberto por um dos criados. Alarme. Engraçado.

Enxerga a carta que não conseguiu destruir...

Alev – 04a0007-1967b

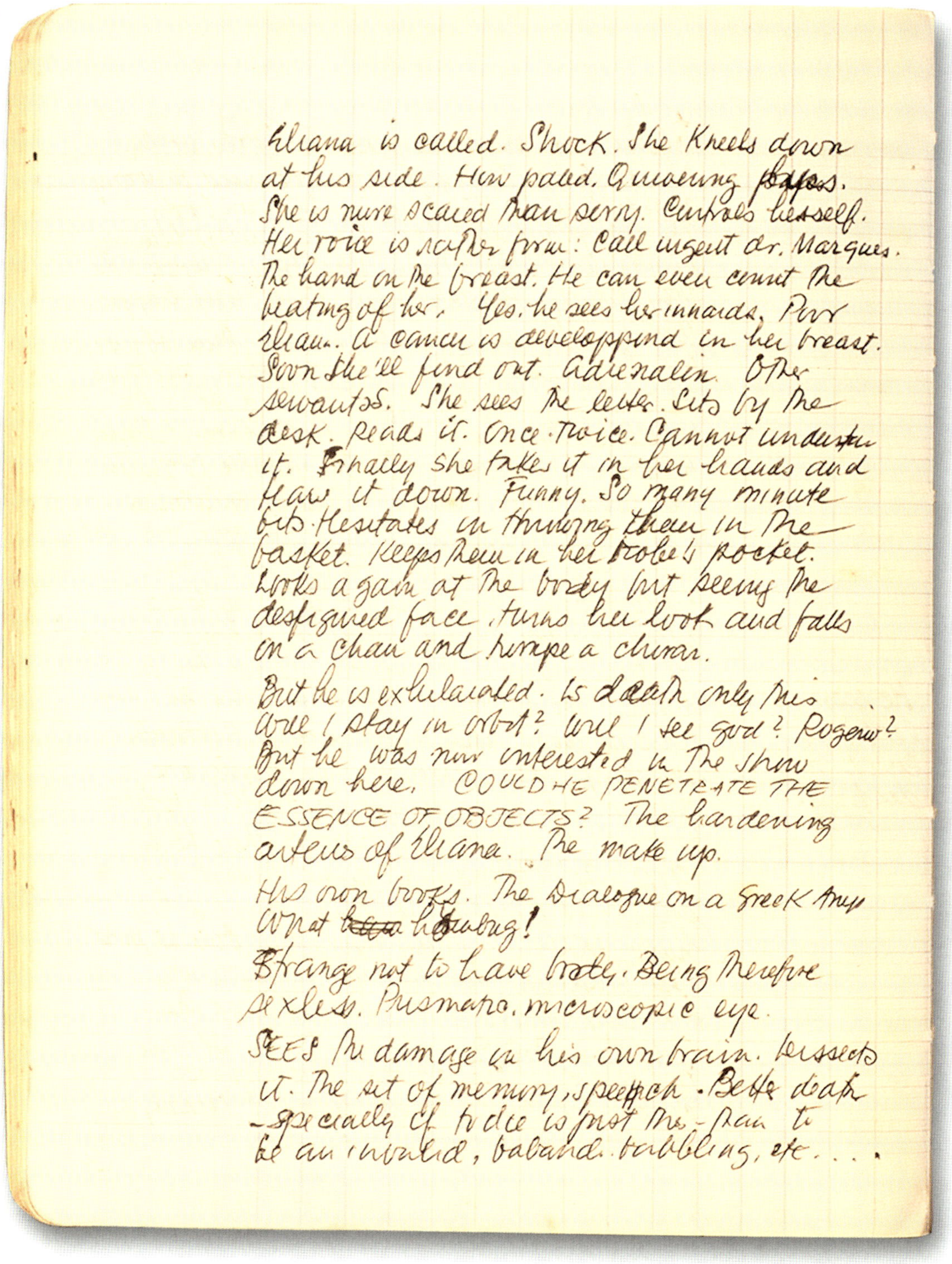

Eliana is called. Shock. She kneels down at his side. How paled. Quivering lips. She is more scared than sorry. Controls herself. Her voice is rather firm: Call urgent Dr. Marques. The hand on the breast. He can even count the beating of her. Yes, he sees her innards. Poor Eliana. A cancer is developping in her breast. Soon she'll find out. Adrenalin. Other servants. She sees the letter. Sits by the desk. Reads it. Once. Twice. Cannot understand it. Finally she takes it in her hands and tears it down. Funny. So many minute bits. Hesitates in throwing them in the basket. Keeps them in her robe's pocket. Looks again at the body but seeing the desfigured face, turns her look and falls on a chair and brings a chair.

But he is exhilarated. Is death only this. Will I stay in orbit? Will I see God? Rogerio? But he was now interested in the show down here. COULD HE PENETRATE THE ESSENCE OF OBJECTS? The hardening arteries of Eliana. The make up.

His own books. The Dialogue on a Greek Amp. What ~~[illegible]~~ humbug!

Strange not to have body. Being therefore sexless. Prismatic. microscopic eye.

SEES the damage in his own brain. Dissects it. The set of memory, speech. Better death – specially of to dce is just this – than to be an invalid, baband. babbling, etc...

Chamam Eliana. Choque. Ela se ajoelha a seu lado. Que pálida! Lábios trêmulos. Está mais assustada do que pesarosa. Controla-se. Sua voz é bem firme: Chamem urgente o dr. Marques. A mão no peito. Ele pode até contar os seus batimentos. Sim, vê suas entranhas. Pobre Eliana. Tem um câncer se desenvolvendo no seio. Logo vai descobrir. Adrenalina. Outros criados. Ela vê a carta. Senta à escrivaninha. Lê-a. Uma vez. Duas. Não consegue entendê-la. Por fim, toma-a nas mãos e a rasga. Engraçado. Tantos pedacinhos minúsculos. Hesita em jogá-los no cesto. Guarda-os no bolso do robe de chambre. Olha de novo para o corpo, mas, vendo o rosto desfigurado, desvia o olhar, despenca numa cadeira e rompe a chorar.

Mas ele está animadíssimo. A morte é só isso? Vou ficar em órbita? Verei Deus? Rogério? Mas por ora lhe interessava o espetáculo ali embaixo. PODERIA PENETRAR A ESSÊNCIA DOS OBJETOS? As artérias de Eliana, que estão endurecendo. A maquiagem. Seus próprios livros. *O Diálogo sobre uma Viagem à Grécia*. Que impostura!

Estranho não ter corpo. Estar, portanto, sem sexo. Olho prismático, microscópico. VÊ o estrago no seu cérebro. Disseca-o. A sede da memória, da fala. Melhor a morte – especialmente se morrer é só isso – do que ficar um inválido, babando, tartamudeando, etc.

Terra de contrastes

Antonio Hohlfeldt

Um verdadeiro escritor escreve por uma espécie de fatalidade, como a que leva o pinto a quebrar a bicadas a casca do ovo na hora certa, isto é, no momento determinado pela mãe Natura, como diria o Lucas Lesma. Como profissão, a de escritor é das mais difíceis e problemáticas, e vai ficando cada vez mais incerta, à medida que outros passatempos que não a leitura, vão aparecendo e conquistando mais adeptos.

Esta declaração de 1972 bem define o escritor Erico Verissimo. De 1932, quando estréia em livro na edição da Globo de *Fantoches*, a 28 de novembro de 1975, quando vem a morrer, deixando incompleto o segundo volume de *Solo de clarineta*, Erico Verissimo produziu mais de 30 livros, entre romances, obras dirigidas à juventude e às crianças, livros de viagens e relatos autobiográficos. Relembrando *Fantoches*, no *Solo de clarineta*, Erico Verissimo dar-se-á por satisfeito com a acolhida que lhe dedicou Agripino Griecco, crítico conhecido à época como verdadeiro demolidor de figurões literários mas que dispensou ao estreante certa indulgência. Numa tiragem de 1.500 exemplares, o livro vendeu um terço da edição. O resto queimou em um incêndio no depósito da Globo. Como a editora tinha tudo segurado, os direitos autorais lhe foram pagos e Erico Verissimo aventurou-se a oferecer a Henrique Bertaso, que então começava a assumir a direção editorial da Globo, seu primeiro romance, *Clarissa.*

Os primeiros romances

Num prefácio escrito à terceira edição de *Clarissa*, Erico lembra que a criação desta novela preocupava-o como um afastamento dos fantoches que criara em seu primeiro livro. Queria ter personagens vivas, e, sem dúvida alguma, a história da menina adolescente da interiorana Jacarecanga, estudando em Porto Alegre, alcançou esta intenção. Diz Erico que "Clarissa e os quatro romances que o seguiram foram escritos apenas em tardes de sábados", sob a influência de leituras de Katherine Mansfield, que o escritor acabara de traduzir, e de Francis James (o livro *Clara d'Ellebeuse*, citado inúmeras vezes nos demais romances e, especialmente, em *O tempo e o vento*), além de outras leituras de infância.

A publicação de *Caminhos cruzados,* em 1935, trouxe algumas dores de cabeça ao escritor. Pesou sobre ele a acusação de que teria, pura e simplesmente, copiado a técnica de *Contraponto*, de Aldous Huxley, que traduzira em 1933, pela Globo. Já *O resto é silêncio,* publicado em 1943, provocou reações imediatas dos setores mais conservadores da Igreja Católica, inclusive artigos contrários na revista *Eco*, do colégio Anchieta. O caricaturista e o satirista aqui surgem pela primeira vez com absoluta clareza e, assim, o romance tem sucesso de público. Quando Erico retorna aos Estados Unidos, no ano seguinte, conforme narra em *A volta do gato preto*, terá a surpresa de encontrar algumas pessoas que conhecem seu livro, embora, de uma delas, receba esta crítica:

> Suas personagens são tipos, mais que pessoas. Tome dona Dodô. É impossível que esta senhora não tenha traços que não sejam caricaturais... enfim, qualidades humanas apreciáveis...(...) O que há no senhor é um temor de mexer em coisas profundas.[1]

Erico refutaria esta acusação, lembrando que sua intenção foi, efetivamente, a da sátira, mas a verdade é que ela o tocaria, pois nos romances seguintes, por diversas vezes, incorpora a acusação às personagens de escritores que, por diversas vezes, fez aparecerem em seus livros, especialmente em *O resto é silêncio*. Seja como for, em uma carta de 12 de janeiro de 1942, Erico diz ser *Caminhos cruzados* seu romance preferido dentre os escritos até então.

O contraste evidente entre *Clarissa* e *Caminhos cruzados* é neutralizado, de certa maneira, com a publicação, em 1935, de *Música ao longe*. Se *Caminhos cruzados* receberia, no ano de sua edição, o prêmio Graça Aranha para romance, o livro seguinte iria repartir, com outros três, o prêmio Machado de Assis da Companhia Editora Nacional. Em *Música ao longe*, Erico Verissimo, que diz

1898. O que mudara fora o tom da narrativa: não se tinha mais o discurso bíblico, muitas vezes marcado pelo ritmo poético dado pelas conjunções aditivas ou adversativas do primeiro volume, e que faziam de *O continente* uma espécie de poema em prosa. Por outro lado, eliminara-se o elemento mítico, como bem observa Regina Zilberman[13], para se entrar na narrativa histórica. Talvez um dos elementos mais fascinantes de *O continente* é o fato de que, a despeito das grandes personagens conduzirem aparentemente a ação, é através das figuras anônimas, dos Caré e descendência, sempre tão íntima quanto subalternamente ligada à existência dos Terra e dos Cambará, que se desenvolverá a ação romanesca e mesmo a ação histórica. Em *O retrato*, já é o tempo histórico que permeia o romance, com figuras dimensionadas com precisão. Acabou aquele tempo livre, sem cercas, como gostava o Capitão Rodrigo. Agora, as propriedades estavam claramente demarcadas e a atividade político-partidária diferenciava as classes sociais com total nitidez.

O grande desafio de Erico Verissimo, ao compor *O retrato*, conforme mais tarde reconheceria, foi o excesso de material de pesquisa de que dispunha. Outro desafio foi a decisão de fazer de Rodrigo Cambará "uma espécie de sósia psicológico" de Sebastião Verissimo, alguém parecido mas não idêntico:

> Diferente de meu pai, a personagem central de *O retrato* seria fisicamente um belo espécime masculino e teria o que o velho Sebastião nunca me pareceu ter tido: ambição política – e seria o que meu pai nunca foi: amigo íntimo e comensal de Getúlio Vargas. Quanto ao resto, não dependeria de mim, mas dessa fatalidade que, tanto na vida como nos romances, parece arrastar os homens.[14]

O resultado de tudo isso constituiria aquilo que Flávio Loureiro Chaves chama de "livros cruciais para o destino das nacionalidades, porque logram expressar simbolicamente as características dum determinado momento histórico".[15]

O ciclo fechar-se-ia com a publicação, em 1961, dos dois primeiros volumes de *O arquipélago*, que teria ainda um terceiro, editado no ano seguinte. O ficcionista levou muito tempo para aprofundar-se nesta parte mais alentada (em quantidade de páginas e na densidade ficcional). Viajando pelos Estados Unidos ou já de volta a Porto Alegre, ele enfrentou sérias resistências para a sua concretização. E não deixa de ser curioso, conforme confessa em suas memórias que, ao lançar-se à redação de *México*, terminasse por encontrar o melhor caminho para o aprofundamento de *O arquipélago*, iniciado em 1958, pouco depois de uma crise cardíaca sofrida pelo escritor.

Começado na praia de Torres, o livro avançava penosamente ao longo do ano de 1959, sendo interrompido em fevereiro – quando Erico viajou com Mafalda para a Europa e depois para os Estados Unidos – e só retomado em 1960, então com maior intensidade. Entrou 1961, e em março o escritor sofreu o primeiro infarto. Afastado do trabalho durante alguns meses, é a *O arquipélago* que Erico Verissimo retorna, quando começa seu restabelecimento. Assim, em julho de 1961, são entregues a Henrique Bertaso, as 1.600 páginas da obra, após um sem-número de correções. Vistas as provas de página, Erico Verissimo viaja uma vez mais aos Estados Unidos, onde Clarissa e o genro, junto aos netos, o esperam. Foi em Washington, conseqüentemente, que a saga dos Terra Cambará se concluiu, encerrando-se sua escritura em março de 1962, quando o último volume de *O arquipélago* foi encerrado, sendo lançado ainda no mesmo ano.

Se *O tempo e o vento* tornou-se um marco na literatura brasileira, embora o escritor, humildemente, tenha reconhecido em suas memórias que era provável que ao menos *O continente* resistisse, *O arquipélago* foi, do ponto de vista particular do homem, um encontro importante, conforme se revela na variante reunida por Flávio Loureiro Chaves no segundo volume do *Solo de clarineta*. Ali, escreve Erico Verissimo:

> O importante é que um dia despertei para a mais doce das realidades: a de que tinha encontrado o lar perdido. Concluí que a linha melódica de minha vida tinha sido, fino modo, uma busca da casa e do pai perdidos. Ali estava a casa. Os quadros, os móveis, o aspecto geral, a gente que visita, os amigos, visitantes inesperados. E o pai. Também isso, esse problema, estava resolvido. Em *O arquipélago* eu tinha feito as pazes no diálogo entre Floriano e Rodrigo Cambará. E agora eu descobria que me havia tornado o pai de mim mesmo.[16]

Longe de apaziguado, Erico volta à mesma indagação que se fizera ao longo de todas as memórias e em alguns livros de viagem: "O que o meu filho pensa de mim?"

O ciclo de *O tempo e o vento* é retomado em *Incidente em Antares*. Ali, sobretudo na primeira parte, o romancista relata a história pátria desde 1945, embora bem mais rápida do que nos livros anteriores, para chegar àquele 13 de setembro de 1963, em que ocorrerão os episódios que a ação romanesca vai desenvolver. No final, como se não quisesse deixar nada por dizer, o escritor puxa a ação até os dias recentes, ou seja, 1971, quando o livro é publicado, com uma ampla e inteligente publicidade: os Bertaso, temendo a ação de censura, anteciparam-se a ela, colocando, numa faixa colorida que rodeava a obra que, numa ditadura, aquele romance jamais seria permitido. Em carta a uma amiga, o escritor diria: "A Globo me descobriu".

Numa outra missiva, dirigida a Dionísio Toledo, em 5 de maio de 1973, Erico esclarece as origens do romance:

> Quanto ao esclarecimento que me pedes sobre a segunda parte de *O incidente* juro por Deus que (pelo menos conscientemente) não utilizei nenhum episódio medieval. A gênese do livro é simplíssima, se é que em criação literária há coisas simples. Eu vi no *Time Magazine* uma foto, batida durante a greve dos coveiros de Nova York, e em que uns doze caixões de defunto estão enfileirados diante do cemitério. Então eu disse à Mafalda: Imagina se esses mortos se erguessem de seus ataúdes e descessem sobre a cidade para exigir que fossem sepultados. Para que fosse possível uma greve de coveiros, tive de inventar uma cidade com indústria, capaz de justificar uma greve geral, etc... Sabes muito bem que o coveiro nas nossas cidades do interior são uns pobres diabos, poucos, ignorantes e inexpressivos.

Construído numa linguagem eminentemente satírica, a que não faltam doses maciças de humor negro, semelhantemente a *O senhor embaixador*, *Incidente em Antares* acabaria sendo o último romance escrito por Erico Verissimo.

Dois romances divergentes

Mas ainda não encerramos a análise sucinta de sua obra de ficção, pois colocamos em um grupo separado os romances *O prisioneiro* e *O senhor embai-*

xador. Publicado em 1965, *O senhor embaixador* tem evidente a influência dos acontecimentos ocorridos em Cuba e logo depois na República Dominicana. Erico Verissimo, como diria mais tarde a Daniel Fresnot, já reconhecia então tanto o imperialismo norte-americano quanto o soviético, distanciado que estava daquelas primeiras observações realizadas em 1941, quando de seu encontro inicial com os Estados Unidos.

Assim, o que vislumbramos como pano de fundo das ações de Pablo Ortega e don Gabriel Heliodoro Alvarado são os acontecimentos da política norte-americana para a América, muito diversos da política de boa vizinhança que levara o escritor, em 1941, àquela primeira visita e que o devolvera ao país entre 1943 e 1946. Os EUA pretendiam agora dominar o continente, e é a sombra da política externa desenvolvida por John Forster Dulles, que morrera em 1959, que daria os rumos das ações norte-americanas no continente – especialmente o seu apoio aos diversos ditadores que, sobretudo nas repúblicas da América Central, sucedem-se no poder, até o momento em que ponham em risco os interesses do capital norte-americano ali aplicado.

Não se exime o escritor, contudo, a uma severa crítica ao jeitinho brasileiro e às trapaças políticas e econômicas que aqui se fazem à sombra do poder, através da figura do adido cultural da embaixada brasileira em Washington, Orlando Gonzaga. O livro, que está prenhe de certo fatalismo hispânico, não se nega sequer à premonição da morte às 5 da tarde, à melhor maneira de Federico García Lorca, experimentada pelo embaixador do título. O romance permite, mais do que em qualquer outro livro, retomar a discussão desenvolvida em *O arquipélago* por Tio Bicho e Floriano, isto é, a oposição entre os partidários ideológicos e os liberais humanistas, nas figuras, de um lado, do jornalista norte-americano William B. Godkin, o jovem intelectual e adido cultural Pablo Ortega e o revolucionário doutor Leonardo Gris – e do outro, revolucionários como o tenente Carrera (ou Juventino Carrera), Juan Balsa e muito especialmente Roberto Valencia. É ainda aqui que, pela primeira vez, Erico Verissimo admite explicitamente uma violência revolucionária, na figura do doutor Leonardo Gris que, apesar de renegar a violência, por princípio, une-se aos revoltosos, tanto quanto Pablo, ainda que o primeiro acabe assassinado pela ditadura e o segundo chegue a enfrentar o poder, numa tentativa de manter-se fiel e coerente a seus posicionamentos.

Existem dois tempos: um é o físico, objetivo, que se dá no imediato. Outro é o psicológico, atemporal, digamos. A necessidade e ansiedade de prender o tempo físico, transformando-o em tempo psicológico ordena, em última análise, a literatura de Erico Verissimo, para quem o tempo cumpre diferentes funções na vida humana.

Do tempo, tanto se diz que ele *gasta* as coisas e os homens, espécie de "verme que nos está roendo despacito", na expressão de don Pepe Garcia, de *O retrato*, sobre o qual os homens superiores não devem pensar, quanto ele é visualizado como uma espécie de solução maior para todas as coisas. O tempo pode ser desagregador, mas também um remédio. "Invisível aranha a tecer", o tempo normalmente passa muito depressa para as pessoas, de tal maneira que algumas chegam mesmo a dizer que "é necessário dar tempo ao tempo". Mas a verdade é que, inflexível e irreversível, sobretudo durante as guerras, o tempo torna-se parado, um dia como repetição do dia anterior, ao menos na perspectiva das mulheres que, como Ana Terra ou Bibiana, ficam em casa, em sua roca, a fiar não apenas seus tecidos quanto o próprio tempo, a chorar e a esperar o retorno dos homens.

Nos romances finais, Erico Verissimo chega a atribuir às suas personagens uma outra faceta, a da falta de tempo – na vida urbana tão atribulada – para que possam se aprofundar em si mesmas. Neste sentido, esboça-se mais amplamente a perspectiva de decadência que as coisas vão assumindo no tempo, que nos leva como um rio: não há como se ficar à sua margem. No decorrer da trilogia, o escritor imagina que "o tempo talvez seja Deus", na indagação de Tio Bicho. Em outros momentos, coincidindo seu conceito com o do destino, visto como um ente malvado, afirma que "o destino conduz os que querem ser conduzidos e arrasta os que não querem, aduzindo: e liquida". Rodrigo Cambará, porém, resistindo ao infarto cardíaco, da mesma forma que o próprio escritor resistiria ao desfecho de sua vida, apega-se a ela e decide: "Nós é que fazemos o nosso destino".

Enfim, em vários momentos, a relação entre tempo e espaço é tão nítida, que se chega a substituir a segunda noção para se ter apenas a primeira. Tio Bicho, por exemplo, declara: "Eu não era um ser no espaço, mas no tempo", e o doutor Winter, refletindo a respeito de sua vinda da Europa e de sua fixação em Santa Fé, imagina haver uma estreita relação entre um "tempo histórico e um espaço geográfico", na medida em que os tempos variam segundo as regiões e seu desenvolvimento. Assim, embora a Europa que ele deixara havia alguns anos, vivesse o século XIX, Santa Fé estava ainda mergulhada pelo menos em um século atrás.

O tempo feminino x o vento masculino

A relação entre o tempo e o vento igualmente se apresenta sob certa ambigüidade. Em alguns momentos imagina-se que o "vento maneia o tempo"; em outros, ao contrário, é o vento que corre atrás do tempo, numa disputa antiga que, segundo as personagens, vem desde a Criação. Há, porém, um reconhecimento generalizado de que existe um determinado e talvez predeterminado tempo (amadurecimento) para cada coisa: plantio, colheita, fazer goiabada, viver, nascer, morrer, enfim.

A morte, o final do tempo, de modo geral, é anunciada por um vento agourento. Normalmente é inverno, dia cinzento de agosto. A expressão, cunhada por Ana Terra e herdada por Bibiana, ganha assim foros de princípio basilar da existência: "noite de vento, noite dos mortos".

No início da obra de Erico Verissimo, não se tem ainda tal descortínio. Em *Clarissa*, por exemplo, indaga-se a personagem se o vento é bom ou mau. Observa-se, em outros dias, a sua ausência, para depois reconhecer-se que o vento é cheio de mistérios. Na evolução da obra literária de Erico Verissimo, o vento pode se tornar um companheiro importante, a quem se ouve ou a quem se fala. Mas pode ser um eterno viajante e carregar nossas palavras ou um ser enervante, prenhe de destinos ainda ininteligíveis, mas sempre perigosos ao ser humano.

É no desenvolver de *O arquipélago*, a parte final da trilogia, que, a partir da referência à mitologia particular de Floriano – o escritor *alter ego* de Erico Verissimo – sugere-se uma relação mais estreita entre estas realidades, quando ele anota em seu "Caderno de pauta simples": "Pai era vento. Mãe era terra". Nos estudos reunidos posteriormente, em homenagem à passagem dos 40 anos de vida literária do escritor, muitos são os que abordam estas relações, podendo-se então desenvolver uma representação gráfica de tais elementos, da seguinte forma:

- o tempo é um elemento representativo da vida, e portanto feminino (deve-se lembrar que, na grande maioria dos idiomas ocidentais, as palavras designativas do tempo são femininas). Ele se constrói verticalmente e designa a

nio dos indígenas, a quem a levantina obedece, servindo aos seus intentos quando desvirtua o sacristão residente nas missões guaranis; e o carbúnculo, pedra brilhante que a princesa porta na cabeça, quando metamorfoseada em teiniaguá.

Augusto Meyer, apoiado em Daniel Granada, explica a associação entre as designações: teiniaguá, expressão utilizada na região missioneira, corresponde ao diabo vermelho ou Anhangá-Pitã, entre os indígenas, ou carbúnculo, na região andina. Meyer ainda transcreve a definição de Granada:

> Carbuncos, añangapitangas, ó teyuyaguaes, todo es lo mismo, todo tiene una misma cosa u origen y representa una misma cosa ante le imaginación del vulgo y del hombre primitivo: la madre del oro, la fuerza de la tierra, el cerro ó la montaña encantados.[3]

Antes, o estudioso sulino já escrevera a propósito do carbúnculo: tratase de "animal fabuloso, propiciador de riquezas", tendo sido identificado na região missioneira, após a conquista, ao "*teiniaguá* guarani",[4] além de corresponder a Anhangá-Pitã, o diabo (anhangá) vermelho (pitanga). Completa Meyer: "Afirma Daniel Granada que o Diabo vermelho, o Carbúnculo, da região andina e o Teiniaguá da região missioneira, são denominações diversas do mesmo animal fabuloso, propiciador de riquezas."[5]

Simões Lopes jogou esses dados numa narrativa, porém conferiu nova conformação à lenda original. Separou o que estava unido, fazendo de Anhangá-Pitã criador da figura híbrida, a princesa moura que é também teiniaguá, sem confundi-la ao carbúnculo, já que o traz no lugar da cabeça, matéria preciosa que provoca a cobiça dos homens. Além disso, confere forma feminina ao animal mítico, contrariando a designação masculina, utilizada, por exemplo, por Augusto Meyer na citação anterior.

Verissimo, ao intitular "A teiniaguá" o episódio em que se narram as desventuras da segunda geração dos Cambará, apropriou-se dos fatores constituintes da lenda sulina. Seu modelo, porém, não proveio da tradição popular, mas do texto elaborado por Simões Lopes, pois corroborou as alterações incorporadas ao relato folclórico, a começar pelo emprego, no título, da forma feminina.[6] No entanto, Erico não se limitou a repetir os achados do autor das *Lendas do Sul*, procedendo, pelo contrário, à desarticulação da ordem com que aparecem os elementos originais. Além disso, outorgou maior importância à figura da mulher que protagoniza a ação, como que trazendo para o proscênio as qualidades que a personagem já detinha na narrativa de Lopes Neto, mas que eram expostas de modo tímido.

Exemplar é a inclusão de um dos objetos mágicos – a onça de ouro, que aparece de maneira sutil, quando é introduzido o possível crime cometido pelo negro Severino, figura que, da sua parte, desempenha papel oblíquo no enredo de "A teiniaguá".

Essa inclusão relaciona-se ao processo de construção da intriga, que, conforme sugere uma das personagens da narrativa, dr. Winter, faz-se conforme as regras do teatro. O médico qualifica de tragédia os episódios que se desenrolam perante seus olhos; o trágico, contudo, não se localiza apenas no destino previsível das personagens, como ele quer, mas também no andamento da trama. Em "A teiniaguá", as ações, fortemente concentradas, correspondem aos cinco atos típicos do gênero:

Ato I, cena única: Bolívar Cambará, insone, confessa ao primo, Florêncio, o sentimento de culpa pela condenação de Severino. O escravo fora acusado de assassinar dois tropeiros à primeira vista ricos, porque, hospedados por seu senhor, haviam tentado pagar a acolhida com "uma onça de ouro" retirada "da guaiaca recheada de moedas".[7]

Ato II, cena única: na residência do avô, Aguinaldo Silva, Luzia contrata casamento com Bolívar; enquanto isso, Severino está sendo enforcado na praça central de Santa Fé.

Ato III, cena 1: Winter presencia a agonia e morte de Aguinaldo Silva; cena 2: Winter visita as Missões guaranis e recorda a lenda da Salamanca do Jarau; cena 3: Winter atende Juvenal Terra, que lhe conta o que se passa com os Cambará; cena 4: Winter almoça no Sobrado e testemunha os conflitos entre Bolívar e Luzia, e entre a sogra e a nora.

Ato IV, cena única: Luzia e Bolívar retornam após curta estada em Porto Alegre, cidade assolada pelo cólera; por precaução, colocam-nos de quarentena: Bibiana proíbe Luzia de ver o filho, Licurgo; Bento Amaral, intendente de Santa Fé, proíbe Bolívar de sair à rua. As desavenças se acirram, e Bolívar confessa a Winter seu desapontamento com a esposa, escandalizado com suas claras manifestações de sadismo e provável infidelidade conjugal.

Ato V, cena única: Bolívar não tolera a clausura, nem sabe como resolver a crise doméstica; decide enfrentar o cerco, de que resulta sua morte, baleado pelos asseclas de Bento Amaral.

A organização dramática da intriga evidencia que o elemento "onça de ouro", figurante da parte final da lenda trabalhada por Simões Lopes Neto, desloca-se para seu início. Seu poder de atração fica, assim, aumentado, provocando a cobiça do assassino dos tropeiros, culpa atribuída, mas não plenamente comprovada, a Severino. A inclusão dessa personagem, cuja presença resume-se ao ato de abertura, tem, por sua vez, decisivo papel estrutural, pois Severino corresponde, simultaneamente, ao duplo e ao avesso de Bolívar. Enquanto duplo, revela que noivado e enforcamento coincidem, resultando, ambos, numa morte, primeiramente simbólica, depois real; enquanto avesso, sugere que, de algum modo, Bolívar cometeu uma ação condenável, pela qual acabará pagando. O jovem Cambará desvela-se, desde logo, como o sujeito destinado ao sacrifício, fruto da atração exercida pelo brilho da riqueza, seja a moeda dourada exibida pelos tropeiros viajantes, seja a acumulada de modo suspeito por Aguinaldo Silva, que Luzia sintetiza.

Um segundo elemento da lenda – a furna encantada – não aparece de modo literal, como a moeda mágica, mas transfigurado. A "salamanca" está representada pelo Sobrado, construção patrocinada por Aguinaldo Silva que tanta indignação provoca em algumas personagens: a de Bento Amaral, por ser moradia mais imponente que a sua e alvo dos elogios dos que passam pela cidade, a começar pelo juiz, dr. Nepomuceno, que, no Almanaque de Santa Fé, manifesta sua admiração pela opulenta residência; e a dos adversários de Bento Amaral, os Terras e Cambarás, resumidos em Bibiana, inconformada com a circunstância de a casa ter sido edificada no terreno outrora pertencente à sua família.

O Sobrado é o lugar da grandeza e da abundância, mas compete ao candidato a cruzar seus umbrais enfrentar e vencer perigos, ao mesmo tempo sucumbindo à atração exercida pela feiticeira moura, a estrangeira que seduz e conquista quem se aproxima dela.

Soma do percurso do empobrecido Blau e do sacristão cativo, Bolívar passa pelo dobro de aventuras, suscitadas pelo fascínio de Luzia Silva, a teiniaguá. Nessa personagem, Erico Verissimo concentra sua criatividade romanesca, explorando as sugestões contidas na figura esboçada por Simões Lopes e confe-

rindo-lhe personalidade própria, até então ausente no desenho da princesa moura, parceira do demônio.

Na lenda, a figura feminina é um misto de sedução e obediência: a descrição de Blau Nunes, ao narrar ao velho guardião a origem da narrativa, anuncia a beleza da moça, "uma princesa moça, encantada, e bonita, bonita como só ela!..."[8] O outro confirma a observação do tropeiro, quando relembra a captura da teiniaguá: "Bonita, linda, bela, na minha frente estava uma moça!..."[9] A ação da jovem, contudo, está mediada pela tarefa que lhe é confiada, a de reerguer o reino mouro no Novo Mundo, configurando sua culpabilidade. Como, porém, ela salva o sacristão, a quem jamais abandona, sua construção reveste-se de ambigüidade, o que atenua a criminalização a que deveria apontar, considerando sua origem muçulmana, logo, não cristã, e parceria com Anhangá-Pitã.

A descriminalização acentua-se por efeito de uma decisão de Simões: em vez de reunir numa só figura os três componentes inerentes a ela – teiniaguá, carbúnculo e Anhangá-Pitã, sinônimos na descrição de Augusto Meyer, calcado sobretudo em Daniel Granada –, o escritor opera uma separação, conforme a qual a teiniaguá é a princesa moura, que traz a pedra mágica na cabeça e é comandada pelo diabo indígena. Este diferencia-se da jovem, a ponto de Blau Nunes e o sacristão observarem, a modo de um refrão: Anhangá-Pitã "só não tomou tenência que a teiniaguá era mulher...".[10]

Erico Verissimo não teve o mesmo pudor de João Simões Lopes Neto, tratando de "recriminalizar" a moça, para tanto alçando-a de novo à condição de protagonista da narrativa, posição garantida desde o título do episódio. Sua vítima é o noivo e, depois, marido, Bolívar Cambará, cujas atitudes e personalidade somam os atributos de Blau Nunes e do sacristão: assim como o tropeiro, Bolívar enriquece por força da aliança com as forças do mal; mas o novo status não traz a felicidade; assim como o religioso residente em São Tomé, o rapaz está apaixonado pela noiva e não enxerga suas falhas.

Luzia ocupa o centro do palco. Tal como ocorre às grandes divas da tragédia e da ópera, ela entra em cena só no segundo ato. A aparição é precedida pela apresentação de seu entorno: a chegada de Aguinaldo Silva a Santa Fé, um "estrangeiro" no contexto da cidade, pois originário de terras distantes (provavelmente Pernambuco) e alheias à tradição do Continente; o suspeito enriquecimento desse avô que, segundo as más línguas, teria "descoberto uma salamanca lá para as bandas de São Borja";[11] a origem desconhecida da jovem, órfã adotada por Aguinaldo, segundo confissão do velho ao padre da cidade; a superioridade de Luzia, se comparada às mulheres e aos homens do local:

> Luzia era rica, era bonita, tocava cítara – instrumento que pouca gente ou ninguém ali na vila jamais ouvira –, sabia recitar versos, tinha bela caligrafia, e lia até livros.[12]

A apresentação é enunciada por um narrador em terceira pessoa, que, contudo, não fala em seu nome, mas reproduz o que se comenta sobre a moça: "Durante muito tempo a neta de Aguinaldo Silva foi o assunto predileto das conversas da vila".[13] Essas falas, incorporadas pelo narrador, ocupam o papel do coro na tragédia clássica, preparando a reação do espectador à entrada do protagonista. Mas Erico não restringe o emprego da técnica a essa situação, de índole coletiva; ele introduz um olhar individual, que percebe as ações de Luzia, quando ela adentra o palco, e interpreta-as à luz do seu conhecimento da espécie humana e da cultura local. Esta é a função do médico alemão, dr. Carl Winter, o outro "estrangeiro" da trama, a quem compete o lugar do corifeu, interagindo com as personagens, mas não se deixando envolver por elas.

A Winter faculta-se, pois, definir Luzia com precisão e fidelidade, sem que a narrativa perca em verossimilhança. Descreve "a bela mulher de dezenove anos", flagrando ter ela "qualquer coisa de perturbador: uma aura de drama, uma atmosfera abafada de perigo".[14] Detém-se nos olhos da moça, "grandes e esverdeados",[15] cor que sugere a primeira aproximação à teiniaguá, cujo corpo, conforme o sacristão, era verde.[16]

Só mais adiante concretiza-se na mente de Winter a associação com a princesa moura, levando-o a designar a jovem pelo nome indígena da feiticeira, denominação prevista pelo título do episódio. Ao associar a personagem mítica e a senhorita do Sobrado, o médico recapitula os componentes da lenda original, detendo-se particularmente na jóia que exerce a função do carbúnculo no texto de João Simões Lopes Neto:

> Achou-a perversamente linda. Estava ela sentada no sofá, ao lado do noivo, vestida de crinolina verde, de saia muito rodada com aplica-

ções de renda; tinha cravado nos cabelos dum castanho profundo grande pente em forma de leque, no centro do qual faiscava um brilhante. Winter pensou imediatamente na bela e jovem bruxa moura que o diabo, segundo a lenda que corria pela Província, transformara numa lagartixa cuja cabeça consistia numa pedra preciosa de brilho ofuscante. Como era mesmo o nome do animal? Ah! Teiniaguá![17]

Mais adiante, ele reitera a associação:

> Como se nada tivesse acontecido, Luzia continuava a dedilhar a cítara. Um reflexo da bandeirola da janela manchava-lhe a testa de verde.
>
> A teiniaguá – pensou o dr. Carl Winter. E ficou olhando para o "animal", como que enfeitiçado...[18]

Portadora da jóia que brilha e senhora de um fulgor resplandescente, a teiniaguá carrega a luminosidade no interior do nome. A noiva de Bolívar "luz" no mundo onde circula, encantando quem se aproxima dela, provocando a atração de uns, como é o caso do noivo, Bolívar, e a rejeição de outros, como ocorre a Bibiana por exemplo, a antagonista da feiticeira encantadora.

A luz de Luzia porta, porém, uma cintilação má, sintoma flagrado por Winter: é o sadismo com que reage ao sofrimento alheio. O médico diagnostica a doença durante o noivado com Bolívar, acontecimento simultâneo ao enforcamento de Severino. Considerando a circunstância de o escravo condenado constituir o duplo de Bolívar, pode-se cogitar que o gozo sádico diante da dor alheia tenha conotação erótica, conclusão sugerida por Winter:

> Primeiro o rosto dela se contorceu num puxão nervoso, como se ela tivesse sentido uma súbita dor aguda. Depois se fixou numa expressão de profundo interesse que aos poucos se foi transformando numa máscara de gozo que pareceu chegar quase ao orgasmo.[19]

A essa primeira manifestação de prazer sádico, segue-se outra, quando da morte de Aguinaldo, avô de Luzia. Cena colocada poucas páginas após o enforcamento de Severino, ela parece ter o efeito de demonstração, nascendo sua narração do olhar do mesmo assistente: "Winter olhava para Luzia e via que ela estava gozando aquele momento. Tinha a respiração ofegante e um brilho meio embaciado nos olhos claros".[20] Depois, os depoimentos de Bibiana confirmam a relação entre o sadismo e o prazer sexual, verossímeis também por coincidirem com o testemunho do médico, figura mais confiável que a sogra de Luzia.

A revelação final do sadismo oferece-se a Bolívar, não agora na condição de vítima, mas de espectador. Hospedado em Porto Alegre, por ocasião do surto de cólera na cidade, o casal não deixa a capital, como seria aconselhável, porque Luzia não deseja retornar. Bolívar suspeita da esposa, e acaba descobrindo a satisfação dela em "olhar de perto a cara" dos mortos,[21] culminando a descoberta no episódio em que flagra a moça contemplando o cadáver desfigurado do Capitão Paiva, seu admirador, agora corroído pela peste.

À medida que avança a ação de "A teiniaguá", aumenta o número de sinais de doença mental de Luzia, afetando o juízo de Bolívar, que, diante do assédio de Amaral e da guerra doméstica, prefere enfrentar o cerco e morrer com glória, ainda que tragicamente. A catástrofe, decorrendo do reconhecimento, segue o modelo do mito clássico, preferido por Aristóteles, que, na *Poética*, advoga seu emprego; e serve para Erico Verissimo dar andamento a um processo fundamental para a construção de *O continente*: a desmontagem do mito de onde partiu, humanizando as figuras e as situações ali presentes.

A seqüência trágica acompanha os passos apontados por Aristóteles: às peripécias, sucede o reconhecimento, quando Bolívar descobre não apenas o que os outros sabiam, a começar por Winter, mas também que não há hipótese de reversão da fortuna. Nem ele poderá regressar ao período em que Luzia ainda não se instalara em sua vida, nem existe no horizonte alternativa de reconciliação. Bolívar, portanto, deverá purgar uma culpa, sem que a contradição se resolva; primeiro, por faltar o crime, situação expressa sobretudo na associação do rapaz ao escravo Severino, cujo delito não se comprova plenamente; depois, porque seu mal maior é estar apaixonado por Luzia, sentimento que permanece mesmo depois de perceber que a mulher é doente e talvez infiel, como confessa a Winter. Nem por isso, entretanto, Bolívar é inocente, pois o casamento garantiu-lhe ascensão social e tranqüilidade financeira, caracterizando o lado perverso de seu gesto. Tal como o sacristão, Bolívar fez um pacto com o demônio, por amor, é certo, mas com vantagens pecuniárias.

Diante dessas contradições, algumas insolúveis, não há possibilidade de se recuperar a harmonia perdida, fazendo de Bolívar a primeira vítima. Tal como seu precursor mítico, o jovem Cambará abandona a salamanca mágica, todavia, no seu caso, à custa da própria vida, ônus irrecuperável que proíbe qualquer promessa de felicidade.

Essa, no entanto, nunca poderia ter sido posta, não por causa do pacto de Bolívar, mas em razão da personalidade de Luzia. O raciocínio proposto pelo episódio "A teiniaguá", ao proceder à leitura de "A salamanca do Jarau", é linear: transplantada a bela princesa do mundo da idealidade mítica para o da materialidade histórica, ela só poderia se mostrar louca e má. Somente uma pessoa malévola aceitaria a missão de perder os homens; apenas um indivíduo de tendência sádica teria prazer em assistir à destruição dos demais.

É linear e simples, porém é correto; a princesa moura, colocada no patamar realista com que Erico a pensa, mostra-se um ser que provoca a desgraça dos outros, não por desamá-los, mas por ser este um componente de seu caráter. Dá-se um rebaixamento do status da personagem, ao passar do âmbito da magia para o do mundo ordinário, resultado da desmitificação; contudo, Luzia não perde em fascínio, nem em densidade, apenas se aproxima dos homens, mostrando-se e mostrando-os tais como são.

João Simões Lopes Neto, em "A salamanca do Jarau", abeberou-se na tradição mítica para narrar o trânsito do sagrado para o profano, em que não mais vigoram divisões dicotômicas entre o bem e o mal, o proibido e o permitido, os absolvidos e os condenados. Ao se livrar da gruta e da pena imposta, o casal se desembaraça também das funções mágicas, que, enquanto guardião e teiniaguá, vinha desempenhando. A lenda conta um processo de desmitificação que inaugura, para quem o experimenta, a porta da liberdade. Por isso, fica em aberto o destino das personagens, ao se encerrar a narrativa.

Ao retomar a matéria e as personagens propostas por Simões Lopes Neto, Erico não está sendo incoerente. "A fonte", episódio inaugural da saga apresentada em *O continente*, passa-se numa das Missões guaranis, área visitada por Winter cem anos depois dos acontecimentos apresentados naquela passagem. A cidade de Santa Fé, por sua vez, situa-se "[n]esta região missioneira",[22] conforme aponta Winter em carta a Koseritz, de modo que se justifica a presença de um imaginário permeado por alusões ao universo lendário daquela zona.

Por isso, o médico pode lembrar a narrativa gaúcha, anotando que "foi na redução de São Tomé que a teiniaguá desgraçou um sacristão",[23] pois o espaço e a cultura local sugeriam a alusão. Entretanto, cabe uma ressalva: essa observação, se examinada a forma como está redigida, só poderia ter sido formulada por um leitor de Simões Lopes, pois a lenda ainda não tinha sido objeto de elaboração literária. Por outro lado, embora acabe por confessar a proveniência da inspiração narrativa, Erico continua coerente com o projeto estético que embasa a composição de *O continente*.

A coerência se complementa, quando se verifica que a trama se organiza no sentido da formulação de um mito – o de fundação de uma sociedade e de uma família – para a sua desmitificação, quando se revelam as contradições do projeto ideológico sobre o qual se assenta o mundo sul-rio-grandense.[24] A construção do mito faz-se em especial nos episódios que antecedem "A teiniaguá", quando se introduzem as figuras totêmicas – Pedro Missioneiro, Ana Terra, Rodrigo e Bibiana – que zelam o patrimônio Terra Cambará. Em "A teiniaguá", inicia-se o processo contrário, desencadeado pela personagem mais próxima do pensamento mítico vigente na região. Portanto, era preciso retomar a criação de Simões Lopes, acompanhar o roteiro que leva do sagrado ao profano e aprofundar a escolha feita pelo contista pelotense. Para Erico, não bastava a ruptura com a sacralidade e a magia; era preciso desmascará-la e desencobrir sua faceta doentia, ainda que sedutora e irresistível.

Dessa decisão nasceu Luzia, personagem que rejeita comparações, não se perfilando nos paradigmas com que se descrevem as figuras femininas da ficção de Erico Verissimo. Da originalidade, nasce sua solidão, isolamento radical que a exclui dela mesma, já que nem mesmo no episódio subseqüente, "A guerra", em que segue em frente o combate entre a mãe e a avó de Licurgo, repete-se o desenho entre trágico e demente da "Teiniaguá".

Compromisso com a personalidade histórica

Figuras históricas não aparecem em posição central em *O tempo e o vento*, embora dependa delas a carreira e o desempenho de personagens importantes da narrativa, como é o caso de Júlio de Castilhos em relação a Licurgo Cambará, e de Getúlio Vargas em relação ao dr. Rodrigo Cambará. Ao assim proceder, Erico está sendo coerente com a lição do gênero que elege, o romance histórico, analisado por Georg Lukács, cuja revitalização, no Brasil, decorreu da façanha do escritor sulino.[25]

Graças a essa opção, Erico pôde abordar a história, sem julgar seus figurantes. Com *A vida de Joana d'Arc*, de 1935, logo, anterior a *O tempo e o vento*, verifica-se procedimento inverso: interessa ao ficcionista a atuação de uma das personalidades mais controversas da história francesa, e não os fatos históricos desenrolados à época em que ela viveu.

Desse interesse prévio fala o próprio escritor em suas memórias: "Foi ainda em 1935 que escrevi *A vida de Joana d'Arc*. A figura da Donzela me fascinava desde os tempos de menino".[26] O fascínio experimentado pelo ficcionista, similar, quem sabe, ao de Winter diante de Luzia Silva, motiva a redação da obra, que se apresenta como história de uma mulher, canonizada em 1920, poucos anos antes da produção do livro. O título, apresentando a vida de uma pessoa, sugere o campo em que a obra se inscreve – a biografia; a identificação da protagonista, sem a alusão à santidade, revela o contrário, a saber, o gênero que o autor evita – a hagiografia.

A trajetória de Joana d'Arc converteu-a, desde o século XV, em personalidade bastante popular, em decorrência de sua bravura, existência curta e mescla de guerreira e religiosa. O hibridismo da figura, mulher travestida que lidera um exército de homens e desafia dois poderes, o civil e o religioso, e dois Estados, o francês e o inglês, somado ao rápido sucesso de suas proezas bélicas, em contraposição à infelicidade de sua fortuna, jogada à fogueira da Inquisição, ajuda a compor um caráter bastante próximo das personagens da literatura, em particular do gênero épico. Não por outra razão, biografias de Joana d'Arc começaram a ser produzidas poucos depois de sua morte, em 1431, a partir dos atos do processo de feitiçaria de que foi vítima.

Os registros do processo original, presidido por Pierre Cauchon, religioso francês aliado aos ocupantes ingleses da França do século XV, foram, no entanto, perdidos. Conservaram-se apenas os documentos de contemporâneos, como os dos membros do tribunal, Guillaume Manchon e Thomas de Courcelles, que redigiram em latim, em 1435, o resumo do processo verbal, bem como trechos dos apontamentos dos notários que assistiram aos interrogatórios da vítima. Uma cópia do instrumento público das sentenças, resumo redigido logo após o processo, foi realizada em 1456. Dessa maneira, as fontes em que se baseiam as narrativas da história de Joana, além de póstumas, relacionam-se sobretudo ao processo que a vitimou. Trata-se de depoimentos sobre depoimentos, colaborando para a mitificação da personagem, porque acentuam os fatos extraordinários de que se reveste seu percurso pessoal, aproximando-o mais do âmbito da invenção e da literatura.

Ao redigir sua versão da vida de Joana d'Arc, Erico Verissimo atém-se aos fatos tornados públicos, relacionados à trajetória da jovem guerreira. Narra sua infância e adolescência em Domrémy, privilegiando os episódios que mostram o gosto da menina por ouvir contos maravilhosos, como os da lenda do rei Artur, ou religiosos, como os milagres de santa Catarina e santa Margarida, ambas de sua particular devoção. Pequenos milagres são apresentados, como que introduzindo a propensão mágica da protagonista; tais milagres, por sua vez, não merecem comentários do narrador, que atua de modo discreto, evitando interferir sobre o julgamento do leitor.

A esse período relativamente idílico, segue-se a narração das epifanias: Joana tem visões de santos e ouve vozes, igualmente sagradas, que lhe ordenam libertar a França e coroar o Delfim, futuro Charles VII, em Reims. Após vários percalços e muitos sucessos, a moça, agora na posição de líder da milícia gaulesa, alcança seu intento. Dá-se então a reversão da fortuna: o novo rei afasta-se da campanha militar, Joana é presa pelos inimigos borgonheses, julgada pela Inquisição, acusada de herege e feiticeira, e queimada viva. Ao longo desse percurso, não se desmente sua natureza divina: é acompanhada pelas santas de sua devoção, realiza novos milagres, não esmorece e, prova final de sua excepcionalidade, seu coração é encontrado intacto, embora o corpo tivesse sido consumido pela fogueira.

A história de Joana termina nesse ponto, mas não o livro: o narrador, nas últimas páginas, dirige-se à moça, arrola os acontecimentos subseqüentes à sua morte, relativos, de uma parte, à sua absolvição e canonização, de outra, aos eventos históricos posteriores, desde a definitiva expulsão dos ingleses, poucos anos depois do julgamento da moça, até a Primeira Guerra Mundial, entre 1914 e 1918, quando, outra vez, exércitos europeus se opuseram e digladiaram em terras da França, provocando enormes perdas humanas.

A narrativa apresenta-se em terceira pessoa, acompanhando quase inteiramente o percurso existencial da protagonista, cuja ótica privilegia, por intermédio de duas técnicas. Em primeiro lugar, a linguagem empregada acompanha o estatuto intelectual e emocional da personagem; assim, o relato mostra-se pueril, quando Joana é ainda criança, e vai amadurecendo e aprofundando à medida que a jovem se torna adulta e enfrenta dissabores, como a indiferença do novo rei francês ou a agressividade dos inquisidores e dos carrascos, na masmorra onde está aprisionada. Além disso, o narrador permite-se invadir a intimidade da figura central, sem estabelecer limites ou censura à exposição de seus pensamentos, idéias ou emoções. O mundo interior de Joana desnuda-se ao leitor, técnica que garante a verossimilhança da narrativa.

Com efeito, se Erico optasse por um narrador em terceira pessoa que se distanciasse da protagonista, as visões ou vozes ouvidas por ela seriam passíveis de suspeita ou descrédito. O mesmo ocorreria, eleita a técnica oposta: fosse Joana a relatora de sua própria sorte, as epifanias que experimentou soariam como alucinações ou fantasias. Somente um narrador onisciente estaria apto a convencer da sinceridade e coerência da personagem, por mais extraordinários que fossem seus feitos, como a mudança da direção dos ventos, favorecendo o exército francês ou a ressurreição do bebê morto para seus pais disporem do tempo suficiente para batizá-lo.

Ao empregar o narrador onisciente, Erico conferiu veracidade a seu relato, evitando ao mesmo tempo um segundo perigo, o de a obra transformar-se em catecismo. Esse resultado é alcançado porque o narrador, ainda que onisciente, limita-se a contar o que sabe, sem emitir opiniões. Ele não julga, nem comenta, apenas narra; e, ao fazê-lo, alcança introduzir-se na interioridade da protagonista, invertendo o processo depois utilizado na representação de Luzia.

A comparação entre as duas figuras justifica-se, primeiramente porque ambas provêm do mundo do mito e da religião. Joana d'Arc ajuda a França a libertar-se do jugo inglês por força de sua fé cristã, inspirada na abnegação de duas santas, Margarida e Catarina, e no procedimento de são Miguel, que expulsa Satã do paraíso. Luzia é seu contrário, seja por reviver a perigosa teiniaguá da lenda, parceira do demônio destinada a perder os homens, seja por infernizar Bolívar e deliciar-se sádica e satanicamente com o sofrimento alheio.

Joana e Luzia opõem-se radicalmente, mas traduzem um mesmo ponto, na medida em que, cada uma à sua maneira, sumariam duas histórias possíveis de mulheres, quando essa se dá fora do âmbito da família e da vida doméstica.

No caso de Joana, a sexualidade aparentemente está ausente, mas reaparece, quando se evidencia a associação que a protagonista faz entre sua vida e a de Santa Catarina, que optou pelo casamento com Jesus, após a rejeição de vários noivos para ela inadequados. E torna-se problemática, quando se verifica o caráter híbrido de sua constituição, mulher pelo gênero e homem pela ação. Representação histórica da mulher guerreira e travestida, ela prenuncia a ocorrência mais ilustre na literatura brasileira, o Diadorim de Guimarães Rosa, em *Grande sertão: veredas*.

No caso de Luzia, a sexualidade aparentemente está à flor da pele, fato reconhecido por Florêncio, por exemplo, quando se dá conta de que ela "não era mulher para ele nem para Bolívar."[27] No entanto, o erotismo emerge aqui pelo lado da perversão, não apenas por seu componente sádico, mas também por sua expressão onanista, pois a moça manifesta prazer solitário e clandestino, de que é indício sua conduta durante a estada na capital, tomada pelo cólera, fato presenciado e incompreendido pelo perplexo marido Bolívar.

Joana e Luzia poderiam corresponder aos dois lados de uma mesma moeda, pois ambas espelham o hibridismo, Joana oscilando entre o masculino e o feminino, a teiniaguá Luzia transitando entre o humano e o animal. A proximidade poderia relativizar a santidade da primeira e amenizar a insanidade da segunda.

Essa hipótese, contudo, não se confirma, pois o hibridismo não iguala as duas personagens. A técnica narrativa empregada para representá-las agudiza as divergências, porque, se Joana é personalidade transparente, devido ao recurso a um narrador onisciente, Luzia é totalmente opaca, impenetrável ao olhar do leitor, circunstância que acentua sua solidão. Sob esse aspecto, ela destoa da construção de Ana Terra e Bibiana, figuras femininas presentes em *O tempo e o vento* e que a antecederam, cuja intimidade oferece-se ao leitor, sem pudores por parte do narrador.

A opacidade de Luzia contribui para a construção da aura que paira ao redor dela, até se consumar sua desmitificação, flagrada inicialmente por Winter e, depois, aceita por Bolívar, causa de sua decepção e ruptura com a família e o casamento. Da sua parte, a desmitificação de Joana decorre do emprego de técnica contrária: porque o narrador é invasivo, pode revelar o ser humano Joana d'Arc, e não o mito em que ela se transformou. Contribui para esse resultado o trecho final, em que ele se dirige à personagem para contar acontecimentos posteriores à sua morte. Registrando os eventos sucedidos entre os séculos XV e XX, o narrador reintegra a personagem e o relato à história, de que ela constituiu uma parte, todavia da qual não se desprendeu.

A vida de Joana d'Arc antecipa o materialismo com que Erico Verissimo compreende a história e o percurso de seus figurantes, por mais dotados de poderes – religiosos ou seculares – que eles possam ter exibido. Neste caso, ele o faz por intermédio de mulheres *sui generis*, distintas dos paradigmas femininos de que sua obra foi fértil. Talvez pudesse fazê-lo por meio delas, porque, com Joana e Luzia, a questão da feminilidade é problemática, apresentando-se no seu limite. Correspondendo a mulheres que, por razões variadas, se constroem fora dos parâmetros usualmente atribuídos às suas possibilidades de agir, quais sejam, a família e o sexo, elas começam por desmitificar sua própria condição enquanto mito formulado pelo universo masculino. Para chegar à desmitificação do mundo sagrado de onde provieram, tratava-se apenas de dar mais um passo.

É o que acontece com essas duas criaturas, infelizes à sua maneira, embora tenham gozado de fama e fortuna e alcançado rapidamente o apogeu e o culto, durante curta existência, invejada por muitos.

Regina Zilberman, professora da Faculdade de Letras da PUCRS, publicou, entre outras obras, Estética da recepção e história da literatura *(São Paulo: Ática, 1989),* A literatura no Rio Grande do Sul *(Porto Alegre: Mercado Aberto, 1992) e* Fim do livro, fim dos leitores? *(São Paulo: Senac, 2001).*

NOTAS

1 Em *Solo de clarineta*, Erico Verissimo afirma ter-se apoiado em figura que conheceu pessoalmente: "Fandango me foi inspirado por um tipo de que conheci na minha infância." (5. ed., Porto Alegre: Globo, 1974, p. 301). Em *Um certo Henrique Bertaso* (Porto Alegre: Globo, 1972, pp. 83-4), Erico refere-se às reedições dos livros de Simões Lopes pela Globo, realizadas nos anos 40, época em que redigia *O tempo e o vento*.

2 MEYER, Augusto. *Guia do folclore gaúcho*. 2. ed. revista e aumentada pelo autor. Rio de Janeiro/Brasília: Presença/Instituto Nacional do Livro; Porto Alegre: Instituto Estadual do Livro, 1975, p. 235.

3 GRANADA, Daniel. *Reseña historico-descriptiva de antiguas y modernas superticiones del rio de la Plata*. Montevidéu: Barreiro y Ramos, 1896, p. 127. *Apud* MEYER, Augusto. *Op. cit.*, p. 173.

4 MEYER, Augusto. *Op. cit.*, p. 60.

5 *Idem*, p. 29.

6 Na agenda em que se encontram os primeiros planos e esboços de *O tempo e o vento*, Erico Verissimo projeta usar *O teiniaguá* [sublinha nossa] como título do episódio. Cf. BORDINI, Maria da Glória. *Criação literária em Erico Verissimo*. Porto Alegre: L&PM; Editora da PUCRS, 1995, pp. 131-32 e p. 293. Cf. igualmente o documento 04b0059-43, catalogado no Acervo Literário de Erico Verissimo.

7 VERISSIMO, Erico. *O continente*. 2. ed., São Paulo: Globo, 2002, 2v (*O tempo e o vento*, Parte I, v. 2, p. 22).

8 LOPES NETO, João Simões. "A salamanca do Jarau". *In*: ___. *Contos gauchescos, lendas do Sul e casos do Romualdo*. Estabelecimento do texto, introdução, variantes, notas e comentários por Ligia Chiappini. Edição crítica. Rio de Janeiro/Brasília: Presença/Instituto Nacional do Livro, 1988, p. 142.

9 *Idem*, p. 147.
10 *Idem*, p. 164.
11 VERISSIMO, Erico. *Op. cit.* p. 15.
12 *Idem*, p. 17.
13 *Idem, ibidem.*
14 *Idem*, p. 36.
15 *Idem*, p. 37. Em cena posterior, Winter confirma a observação de que os olhos de Luzia eram verdes: "Agora, à luz das velas, Winter via-lhes melhor a cor: eram verdes, não havia a menor dúvida, dum toque que o mar assume em certos dias de sol fraco." (*Idem*, p. 84).
16 Cf. LOPES NETO, João Simões. *Op. cit.*, p. 146.
17 VERISSIMO, Erico. *Op. cit.*, p. 57.
18 *Idem*, p. 73.
19 *Idem*, p. 72.
20 *Idem*, p. 84.
21 *Idem*, p. 141.
22 *Idem*, p. 121.
23 *Idem*, p. 89.
24 Cf. ZILBERMAN, Regina. *Do mito ao romance – Tipologia da ficção brasileira contemporânea.* Porto Alegre/Caxias do Sul: Escola Superior de Teologia/Universidade de Caxias do Sul, 1977.
25 Cf. LUKÁCS, Georg. *La novela historica.* Tradução de Jasmin Reuter. México: Ediciones Era, 1966.
26 VERISSIMO, Erico. *Solo de clarineta*, v. 1, p. 259.
27 VERISSIMO, Erico. *O continente*, v. 2, p. 33.

O discurso avaliativo de Erico Verissimo

Fábio Lucas

A ficção comprometida

A partir de *O senhor embaixador* (1965) e *Incidentes em Antares* (1971), procuramos determinar o "mundo oferecido" na obra de Erico Verissimo.[1] Uma dimensão do relato entrelaçada com o "mundo oferecido". Nosso objetivo foi dar relevo ao cunho realista da imaginação criadora do romancista, já que ancorada na descrição de um universo físico e psicossocial preexistente. E aprofundar a análise do substrato ético e político das narrativas, de conteúdo liberal e humanístico, levado a efeito numa ocasião em que a liberdade era negada no Brasil.

É certo que documentação análoga poderia ser extraída de outras obras de Erico Verissimo, como, por exemplo, de *O tempo e o vento*, cujo primeiro tomo, *O continente* (1949), constitui uma das mais fascinantes realizações romanescas do autor.

Façamos breve incursão na sua trajetória, procurando fixar os pontos básicos de sua ficção. O Erico Verissimo do início da carreira pode ser considerado um romancista convencional, cujo narrador é onisciente e prefere o relato em terceira pessoa. Mas em sua obra devemos atentar, quer no conteúdo, quer na forma, para certa atração pelos desvios. Já em *Música ao longe* (1935), de grande aceitação popular, notamos determinado hibridismo de vozes, já que o romancista, além de narrar os episódios que envolvem a heroína, transcreve o seu diário em sucessivos capítulos. Assim, ensaia o discurso em primeira pessoa. Somente em 1940, com *Saga*, acontece-lhe uma narrativa em primeira pessoa.

Tratemos mais especificamente do hibridismo lembrado a propósito de *Música em longe*. É que a ficção de Erico Verissimo apresenta continuamente certas manchas textuais, separadas do relato de episódios que formam as funções narrativas. Podem considerar-se áreas informativas que completam o enredo. Ali se aninham, mais do que no andamento da trama, as opiniões das personagens, o traslado de sua objetividade ou as confissões íntimas, destacadas da "neutralidade" do narrador onisciente, em terceira pessoa.

Assim, é comum nos depararmos com diários, cartas e registros históricos, que ajudam a introduzir o discurso avaliativo na atmosfera da ação narrativa. Além disso, aparecem na galeria das personagens, artistas e notadamente escritores, que se encarregam de discutir a natureza da arte e da ficção e, no fundo, transmitem os princípios literários do autor. No romancista idealizado projeta-se o ficcionista que utiliza o seu símile como condutor da mensagem estética.

Na primeira fase, que vem até *O tempo e o vento* (1949), tivemos novelas bem urdidas, apoiadas em sintagmas de cunho popular, às vezes próximos das frases feitas. Emblemáticas, todavia, da postura ética do narrador. Incluem crônica de costumes, mais uma dimensão lírica, de grande apelo popular. Os títulos das obras denunciam seu conteúdo, dialogam com a mensagem narrativa.

Nota-se, desde os albores da ficção de Erico Verissimo, o gosto por exprimir a consciência crítica, porém não partidária. Que anota a jovem Clarissa no seu memorial?

> D. Ermelinda, a diretora do Elementar, continua implicante. Hoje ela me disse com sua voz seca: 'Clarissa, precisas fazer umas preleções cívicas aos teus alunos'. Ora, preleções cívicas! Os coitadinhos não entendem nada desses assuntos de pátria, de bandeira, de civismo. O que eles querem é brincar. Não deviam meter nas cabecinhas deles essas histórias de guerras. Porque eles vão aprendendo que matar e ser valente é muito bonito e muito bom. Quando ficarem grandes acabam degoladores como muitos que conheço aqui na minha terra. (Contam, eu não vi.)[2]

Os registros do diário de Clarissa formam um emaranhado de preceitos e juízos que dão a dimensão cognitiva e a intencionalidade metafísica da personagem. Tais fatos inevitavelmente remetem-se à consciência crítica do autor, as "vivências intencionais", opostas às "veleidades", fruto de volições imperfeitas.

Compõem o valor instrumental que orienta a memorialística. O título *Música ao longe* encontrará explicação no diário da heroína: "Paulo Madrigal disse que o amor que ainda não tem forma é o mesmo que música ao longe."[3] As palavras do poeta, autor de *Poemas escritos n'água*, apontam para a indefinição amorosa da personagem. Os artistas de Erico Verissimo compõem, ao mesmo tempo, a atmosfera moral e a concepção literária do autor. As personagens, travestidas de escritores, traçam-lhe o perfil ético, estético e político.

Veja-se um breve trecho do diário de Clarissa, nos seus 16 anos de idade, quando registra a presença de Moisés, aluno pobre, na sala de aulas: "Ele estava batendo dentes de tanto frio que sentia. Vai com tão pouca roupa! Dizem que é filho de gente muito pobre. Tenho vontade de ficar comunista quando vejo coisas destas. Mas quando leio que na Rússia vivem fuzilando gente, fico arrependida e desisto do meu comunismo."[4] É oportuno assinalar que esse trecho insere-se na obra em plena vigência da polaridade capitalismo versus socialismo. Ou, mais concretamente, Estados Unidos versus União Soviética.

É importante buscar esta invariante da ficção de Erico Verissimo, o princípio da superioridade moral de certas personagens, mesmo em desvantagem no confronto com as forças dominantes. Seja exemplo *Caminhos cruzados* (1935). A narrativa traz consigo uma novidade para a ficção brasileira, então tradicionalmente propensa à imitação do realismo-naturalismo de origem francesa, ou entregue ao terremoto das vanguardas e do experimentalismo. Podemos dizer que formalmente Erico Verissimo envereda-se por um desvio, ao abrigar-se no contraponto, tão caro a Aldous Huxley, um crítico da dissolução dos costumes e da decadência intelectual dos ingleses da década de 20. *Point counterpoint*, sua mais conhecida novela, é de 1928. *Brave New World* é de 1932. Em 1937, Huxley publicou *An encyclopedia of pacifism.*

Essas obras calaram bem ao espírito de Erico Verissimo e reforçaram nele as propostas éticas. *Point Counter Point* – traduzida por ele em 1933 – abriu-lhe mais ainda o caminho da ficção multinucleada, de arquitetura polifônica, na qual as partes ramificadas se intercomunicam.

Deste modo Erico Verissimo foi aprimorando seu artesanato de contador de histórias. Nota-se, nele, portanto, o entrecruzamento de experiências auridas na oralidade, espontâneas e fluentes, com as aprimoradas formas eruditas, estudadas pelo ficcionista em autores de língua inglesa.

Que desejou o romancista de *Caminhos cruzados*? Talvez uma "regeneração pelo amor", conforme assinalou Flávio Loureiro Chaves. O casal Fernanda e Noel procede da classe mais humilde, diferentemente de outros comparsas, mais ricos e mais degenerados. O narrador, nos seus motivos livres, tem juízos críticos de teor social. Explora relações quase sempre degradadas. Naquele painel social, sobreleva a personalidade de Fernanda. Eis aí uma característica ético-política do autor, projetada no curso de toda a obra ficcional: predomínio do social sobre o indivíduo; exaltação do feminino em confronto com o masculino. As circunstâncias temáticas vão aos poucos desenhando, nas opções das personagens mais marcantes, mais positivas, o conteúdo humanístico do romancista, uma espécie de mensagem subliminar a todos os romances. Mas, atenção! O conteúdo humanístico está mesclado com uma concepção cética quanto ao ser humano, cuja história não exprime nenhum "progresso".

Outra forma de enfatizar o aspecto "real" da ficção consiste em combinar as personagens imaginadas com as personalidades concretas do mundo não-ficcional. Técnica que seria mais tarde sistematizada pelo hiper-realismo da arte pop (veja-se o exemplo da ficção de Roberto Drummond).

Assim, a segunda fase da ficção de Erico Verissimo inicia-se com *O continente*, primeiro volume de *O tempo e o vento*. Também aí se identificam as características básicas da ficção do autor, embora o sentido épico da obra procure transcender a mera "crônica de costumes" da fase anterior, com o seu lirismo difuso. É que em *O tempo e o vento* surpreendemos um projeto dimensionado na reconstrução de episódios históricos que compõem a formação do estado do Rio Grande do Sul e a estrutura comportamental do gaúcho. Ali estão, por exemplo, referências à Coluna Prestes, à Constituição de 1934, ao golpe de 10 de novembro de 1937, à queda da ditadura Vargas a 29 de outubro de 1945. Na imaginada cidade de Santa Fé aparecem os integralistas, geralmente descendentes de alemães e surge um comunista, Arão Stein.

A técnica narrativa é ainda a do contraponto, o que exige, do autor, extremo controle das partes, pois o enredo comporta um sem-número de ramificações.

A base socioeconômica da formação histórica e política aglutina-se em torno da família, o que permitiu a muitos críticos utilizar o designativo de "saga" para o grande monumento narrativo.

Conta-se em *O tempo e o vento* a história rude e violenta de grupos de familiares em peleja uns com os outros. Reina ali a ostentação fanática da coragem, do heroísmo, da fidelidade e da rebeldia. Na elaboração do enredo misturam-se elementos lendários a acontecimentos históricos, de modo que *O tempo e o vento* compartilha seu aspecto com o do romance histórico. Aventuras heróicas e memoráveis de personagens belicosas dão à obra seu argumento épico. Mas o núcleo temático e matriz ideológica é a família. E é na historicidade dos diferentes relatos que se concentra o discurso avaliativo de Erico Verissimo. Temos a figura de Rodrigo Cambará, cujo perfil de gaúcho é transmitido nas palavras do herói: "(...) um macho que tem a coragem de agarrar a vida nos braços, ser o que é, dizer o que pensa, fazer o que deseja, comer o que lhe apetece".[5] Em síntese, pelo que se vê: um voluntarista impetuoso, seduzido pela própria liberdade pessoal, a desfrutar as franquias dos impulsos físicos e morais.

Feito o elogio da valentia, apressa-se o narrador a estigmatizar os horrores da tirania e da guerra, pois é liberal e pacifista.

O tempo e o vento explora fundamentalmente os valores concernentes à terra natal (elevada concessão ao telurismo, ou seja, à influência do solo sobre os costumes e o caráter dos habitantes) e à família organizada sob o padrão patriarcal. É cortante a síntese da força telúrica com o determinismo cultural: "Nenhuma personagem da literatura se torna universal sem primeiro ter pertencido especificamente a alguma terra, a alguma cultura".[6]

Cabe aqui nova menção ao desvio ideológico de Erico Verissimo. Em plena era da dominação masculina, o romancista formula uma crítica sutil ao machismo e outorga à mulher, nos momentos agônicos da narrativa, o papel mais alto de resistência e decisão. Talvez seja Ana Terra a personagem mais afirmativa de *O continente*.

Vai-se tecendo, ao longo da orquestração narrativa de *O tempo e o vento*, o discurso humanístico de um escritor que, enquanto acredita nas possibilidades humanas, descrê na humanidade, para a qual lança um olhar cético e desolador.

Além da sátira ao machismo, caricatura do heroísmo, na corrente dos valores autênticos da obra de Erico Verissimo emerge sempre a apologia da arte e do artista. Em *O continente* o romancista se representa em Floriano, que se isola para versejar, pintar, escrever seu diário, ouvir música, enfim, personaliza-se como antípoda do irmão Rodrigo, "extrovertido e sangüíneo".[7]

No elenco de *O resto é silêncio* (1943) encontram-se personagens cujo ofício depende das letras: desembargador (Ximeno Lustosa), ex-tipógrafo (Chicharro), vendedor de jornais (o "Sete"), advogado (Aristides Barreiro) e escritor (Tônio Santiago). Além disso, um compositor que entra, portanto, na coleção de artistas: Bernardo Resende. E um jornalista, Roberto, inconformado socialmente.

Como pontuar o discurso avaliativo na obra de Erico Verissimo? Estamos auscultando-o nas parcelas da narrativa, embora o mesmo tom judicativo presida as memórias e os relatos de viagem do autor. Em Erico Verissimo, história e "estória" parece confundirem-se.

No esquema seqüencial do relato pode o leitor assinalar as rubricas de intencionalidade opinativa, subtraídas à ordem lógico-temporal.

Já vimos que, na estratégia narrativa de Erico Verissimo, frações do código cultural intrometem-se no andamento do relato. São cartas, diários, documentos, todos transcritos, a revelar o subjetivismo participativo dentro de um quadro que se move em direção de um prospectivismo ordenador. São índices de opinião fora da série causal-temporal do enredo, daquele procedimento que assegura a continuidade do romance e faz da narrativa um organismo vivo, evolutivo, a caminhar rumo à conclusão.

Os diferentes códigos de caracterização das personagens e de propulsão do ritmo narrativo mostram-se mesclados. Mas observam-se nítidas passagens de teor avaliativo, quer na esfera da conduta ética, quer no âmbito da busca do poder político. De tal modo que o leitor é levado antecipadamente a escolher entre as alternativas forjadas ao longo dos episódios. Certos signos ostentam uma opção política, outros uma adesão ou repulsa moral.

O romancista é hábil na sequenciação lógica dos eventos, de que nasce certo conforto para o leitor, que se prende ao prazer da legibilidade e da transparência.

Nada é inocente para o complexo do romance. Quem o lê deve ater-se ao sistema semântico dos objetos descritos e das situações narradas. Em tudo impera uma representação do mundo.

O objetivo do leitor tem que ser orientado no sentido dos desvios qualitativos, a fim de usufruir dos melhores momentos da prosa de ficção ou da prosa memorialista do autor. Melhor assim do que insistir na média, nos recursos rotineiros do realismo convencional.

Motivações da prosa confessional e ensaística

Não é apenas a incrustação de nomes próprios, episódios históricos, juízos éticos, políticos e estéticos a característica do discurso mesclado de Erico Verissimo, em cuja ficção brotam elementos retóricos desviados da poética do romance. Também nos relatos de viagens, nos ensaios e nas memórias ocorrem análogos atributos avaliativos.

Deste modo, contornando o grande rio narrativo, onde predomina o narrador em terceira pessoa, tomemos as viagens e os ensaios do romancista gaúcho. Principalmente o memorial das viagens, tão carregado de subjetividade, de convite ao estilo confessional, no qual, evidentemente, prevalece o uso gramatical da primeira pessoa do singular.

Seja exemplo conspícuo *Gato preto em campo de neve* (1941).[8] Logo no início, no capítulo "Rolam as águas: o tempo rola", deparamo-nos com esta observação:

> Hoje meu interesse se concentra principalmente nas criaturas da vida real, na grande e inesgotável comparsaria da comédia humana. Vejo em cada homem uma história, uma novela, um conflito, um tema. Olho os seres humanos com um misterioso respeito e com uma tímida ternura; e o sarcasmo (se sarcasmo existe no que escrevo) com que às vezes os comento não passa ele duma espécie de arma de defesa dum romântico frustrado (p. 22).

O autor inclui no conceito de novela o relato do "homem": "Vejo em cada homem uma história, uma novela, um conflito, um tema." Depois refere-se ao veículo de conhecimento do ser humano com o verbo: "olho". É importante o "olho" como princípio investigador, já que Erico Verissimo foi também desenhista e desenvolveu na prosa um especial gosto pelo visualismo estético, ou pela estetização do espaço, como é tão freqüente nas suas descrições de lugares visitados.

Como "vê" o ser humano? Diz o trecho citado: com "respeito" e com "ternura". Aos dois atributos se juntam os adjetivos qualificativos "misterioso" e "tímida". Cremos que o "misterioso" ajuda a compor o conceito de "indevassável" com que de costume se define "o outro", o que , no entanto, não desativa o impulso ou a tentativa do conhecimento. Colado a "respeito" denuncia o limite da investigação visual do narrador. E o "tímida", ajustado à "ternura", pende mais ao propósito de definir a modéstia do observador, ou seja, do próprio narrador. No conjunto, o que temos é uma concepção de que tudo é narrativa e que cada narrativa busca desvendar o homem.

Ao chegar a Nova York, após a viagem marítima, Erico Verissimo se vê no saguão do hotel. E contempla a movimentação de homens e mulheres vestidos com estranha elegância. O comentário dá o tom judicativo do autor. Juntam-se a grande capacidade de síntese, o uso apropriado das imagens, a intimidade com a história e a aptidão para a análise sociológica. Atributos que qualificam o escritor:

> Mulheres de rosto pintado e de expressão *blasé*. Homens pálidos com ar de fim de raça. Venho a saber que são franceses ricos fugidos à invasão alemã. Representantes duma espécie que está fadada a desaparecer como os búfalos e as girafas. Remanescentes dum mundo que se desmorona, duma civilização em artigo de morte. Nasceram e se criaram num ambiente de estufa, aquecido por ideais abstratos de beleza, adorando fórmulas feitas, ignorando a miséria em que vivem as classes inferiores, achando que tudo sempre estaria bem no mundo uma vez que eles pudessem perfumar-se de essências caras, ler Cocteau, comentar Picasso e Matisse e dar-se o luxo de serem esquisitos, originais e incompreendidamente refinados. São criaturas perfumadas, artificiais e melancólicas. Deploro-as porque no fundo elas parecem saber que isto é o fim (p. 50).

Logo a seguir, indicando a rápida movimentação da memória, Erico Verissimo oferece o contraste daquela máquina infernal do progresso, da conquista tecnológica, Nova York, com os preceitos e convenções da terra natal, no seu primitivismo rural. O jogo de confrontos e contrastes é uma das técnicas mais bem desenvolvidas do romancista, em seu processo narrativo. Vejamos o trecho:

> Meu avô era tropeiro num município do interior do Rio Grande. Amava o campo aberto, a vida rude e as casas toscas. Dezenas de vezes

> dormiu ao relento sob as estrelas de inverno, amanhecendo coberto de geada. Odiava a máquina e achava que os requintes do conforto eram coisas indignas dos homens realmente másculos. Suas mãos calosas, sua pele tostada de sol e de vento e seus olhos escuros, cheios de malícia cabocla, se voltavam às vezes para os aviões que, nos últimos anos de sua vida, passavam sobre seu campo. Erguendo o punho para os aviadores, ele exclamava: 'Vão trabalhar, vagabundos! Vão pegar no cabo duma enxada. Isso não é serviço pra homem de bem (p. 51)!

Na boa técnica realista, de documentar, de documentar hora e lugar, eis que segue a informação:

> E tantas voltas tem dado a roda da vida, que aqui me encontro eu agora no saguão do Savoy-Plaza de Nova York, a mascar goma, nesta gélida manhã de vinte de janeiro do ano de mil novecentos e quarenta e um (p. 51).

Uma das propriedades da prosa de Erico Verissimo, conforme assinalamos, é o esteticismo espacial. Deste faz parte o cromatismo. Veja-se:

> Há prodigalidade de tintas nestas ruas em que abundam as caras rosadas de olhos azuis; as cabeleiras douradas e ruivas; táxis verdes, negros, brancos e cor de laranja cartazes com gravuras policrômicas; vitrinas a exibir doces, bolos, tortas e bombons que estadeiam todas as cores do arco-íris (p. 53).

Reforça-se a informação subjetiva, ante o impacto do colosso imobiliário de Nova York. Cores e formas ajudam a compor a emoção de "intimidade" com a nova paisagem urbana:

> Os arranha-céus não me dão nenhuma sensação de esmagamento ou vertigem. Como não há casas baixas para servir de ponto de referência e comparação, não existem também os contrastes chocantes. Talvez a razão seja outra, mas a verdade é que eu me sinto *em-casa,* olho para os

> paredões desta enorme garganta que é a Fifth Avenue com uma certa ternura de velho conhecido. E estes edifícios que nos filmes de cinema, nas gravuras das revistas e nos nossos sonhos parecem duma brancura de mármore, vistos assim na realidade são menos claros, menos limpos e menos novos. As cores das fachadas vão desde o cinza esverdeado de cimento – e este é o tom que predomina – até o chocolate avermelhado, passando pelo bege, pelo cinza puro e pelo pardo amarelo (p. 53).

O leitor de *Gato preto em campo de neve* se surpreende com os Estados Unidos encontrados e descritos por Erico Verissimo em 1941 (houve *A volta do gato preto*, em 1946). Há costumes que desapareceram por completo, principalmente na ética dos negócios. E há outros episódios que refletem uma programação de longo prazo para a dominação do planeta. Eis um pequeno trecho que anuncia os albores da Alca, quando Paulo Hasslocher mostra Washington para o visitante:

> Ainda a semana passada fui convidado para tomar parte numa discussão de alunos dum colégio de rapazes. Sabe qual foi o tema? "Um sistema aduaneiro único para as duas Américas." Imagine! Rapazes entre catorze e dezoito anos discutindo isso (p. 76)!

Incluamos aqui outra fonte: *A Amazônia e a cobiça internacional*, de Artur César Ferreira Reis (Rio de Janeiro, Record, 1968, 3ª. edição), que fala da campanha que o tenente estadunidense Matthew Fontaine Maury desenvolveu em meados do século XIX, a fim de propor a desobstrução do Amazonas para os navegadores estrangeiros. Publicou *The Amazon River and Atlantic Slopes of South America* em 1953, no qual sustentava que as comunicações entre o Pará e Nova York eram mais fáceis e curtas do que as do Pará e o Rio de Janeiro. Daí ser mais fácil governar de Washington as regiões banhadas pelo Amazonas do que da capital do Império do Brasil.

Um aspecto curioso, no sentido da crítica genética, é que Erico Verissimo registra encontro com Thornton Wilder, autor de *Our Town* (1938), proposta de teatro de simbolismo não alistado. De certa forma, de fácil decifração. Toma um caminho ao largo do teatro de protesto ou de propaganda social, e se concentra na motivação universal, atinente à vida e à morte. Thornton Wilder oferece momentos de declamação de trechos de sua peça, que inspirou um filme de Hollywood. Erico Verissimo se comoveu, em recepção do casal Charles Thompson, com a declamação do teatrólogo, cuja *Our Town* (Grover's Corner, New Hampshire) é tida como "história simples duma cidade pequena". Ali se apresentam os mortos, que têm voz e esperam a chegada de uma recém-falecida, Emily, segundo conta Erico Verissimo. O romancista transcreve, no livro *Gato preto em campo de neve*, trechos da declamação, inclusive a reflexão de Emily:

> – Será que os seres humanos chegam a compreender a vida enquanto a estão vivendo? – em todos, todos os minutos?
>
> – Não – responde Wilder. E depois duma pausa: – Os santos e os poetas... talvez... um pouco (pp. 88-9).

A seguir, Erico Verissimo, de volta ao lar, realiza uma reflexão sobre as pessoas que estariam dormindo naquele momento de poesia, e sobre os mortos: "Só os mortos sabem (...) a beleza do mundo, o profundo e humano prazer que pode existir em cada simples minuto" (p. 89).

De certa forma, encontramos na referida peça – quem sabe? – os germes da cena grotesca de *Incidente em Antares*, na qual os mortos malcheirosos e descontentes criticam e julgam os vivos.

Mais adiante na leitura de *Gato preto em campo de neve*, surpreendemos no capítulo "O segredo de Polichinelo" uma deambulação de Erico Verissimo pelo Central Park: "Nova York é romântica", informa o visitante (p. 191). Na página seguinte, repete com exclamação: "Sim, Nova York é romântica!" Não fosse pouco, no final, encontramos o vocativo: "És romântica, Manhattan". A larga margem de subjetivismo, associada à disponibilidade lírica do escritor, faz-nos crer, hoje, que romântico era, sim, o memorialista.

É que, com o tempo, Nova York passou a exprimir mais agudamente suas contradições. Ou as contradições do modo capitalista de produzir e de organizar a sociedade, com os seus abissais desníveis. Igual romantismo Erico Verissimo descreve ao relatar as "Noites do Harlem", numa página memorável. Conta, como audaz e decidido jornalista, visitou o Father Divine, impostor religioso, em cuja tenda se lê em letras vermelhas: "Proponho que os Estados

Unidos comprem as Américas Central e do Sul e transformem as três Américas numa única Democracia – Pai Divino" (p. 201). O memorialista volta ao mesmo Father Divine, mas não consegue entrevistá-lo. Mas consola-se indo a um *dancing* na Lennox Avenue.

Quando estivemos em Nova York pela primeira vez, em 1966, um quarto de século após Erico Verissimo, ecoava no Colóquio Internacional de Estudos Luso-Brasileiros de então, sediado naquela cidade, o que acontecera ao lingüista Joaquim Mattoso Câmara Jr., que, professor visitante da Columbia University, resolvera também perambular pelo Central Park. Foi atacado por um agressor que, com um soco-inglês, abriu-lhe o queixo, roubando-lhe longo período de restabelecimento. Havia recomendação expressa para que não nos aventurássemos por ali.

Igual brilho narrativo iremos encontrar no relato da visita à China Town, onde Erico Verissimo ouviu alguns discursos, inclusive uma bela peça de crítica política e de lógica argumentativa no pronunciamento do cônsul da China: a questão da Mandchúria e a agressão japonesa teriam nascido de um acidente insignificante na Universidade de Princeton. É o que se pode ler no capítulo "Viagem à China" (pp. 205-8).

Outro exemplo de reflexão e julgamento, de discurso avaliativo? Eis o final da visita ao bairro dos judeus pobres "O ghetto pode ser muito pitoresco nas páginas dos romances. Na realidade, porém, desgosta, entristece, enregela a alma." (p. 233).

Também a *Gato preto em campo de neve* não falta a meditação sobre o ofício de escrever, tópico da metalinguagem reiterativa de Erico Verissimo. Ao considerar as múltiplas razões que levam a escrever, o autor acentua o lado da recepção da obra, não o da produção. É que cumpre ao escritor agradar ao leitor:

> Uns escrevem para contar. Outros, para provar. Não poucos para desabafar. Há os que vêem na literatura um nobre apostolado e os que a consideram apenas uma espécie de artesanato. Não devemos esquecer os que se utilizam dela para servir uma idéia política ou religiosa ou ainda um interesse puramente pessoal. Nem os que escrevem com intenções didáticas. E a grande legião dos que não sabem por que escrevem.
>
> O menos que se pode esperar de um escritor é que ele não nos faça bocejar. Disse Somerset Maugham que só há uma razão sensata

para nos fazer continuar a leitura dum livro: é estarmos gostando dele (pp. 208-9).

Na entrevista que estabelece com Robert Nathan, há trechos da fala do poeta e prosador que se ajustam ao modo de ser de Erico Verissimo. Sobre a poesia:

– Acho que o poeta deve tirar do fundo de seu coração toda a beleza, todo o conforto e toda a força para os empregar em favor de seu povo infeliz, dando-lhes a forma literária mais simples e nobre que lhe for possível (p. 259).

E a continuação acerca de experimentalismo da época:

> – Penso que a hora não é para iconoclasmos nem para a invenção de quebra-cabeças literários e artísticos (*Idem, ibidem*).

Se dermos um salto no tempo, iremos apanhar Erico Verissimo em outra viagem, *Israel em abril* (1969)[9], cuja primeira frase parece advir de uma passagem de *O tempo e o vento*, colhida do coloquial da zona rural: "Mundo velho sem porteira!" Logo a seguir, já instalado em Israel, o livro alinhava parênteses dentro dos quais elogia a modéstia diante dos obstáculos, sem laivos de abnegação, martírio ou sacrifício. O estilo confessional permite-lhe, em admirável síntese, compor um auto-retrato em que revela a sua percepção estética e social da paisagem física e humana, amparada mormente na captação visual:

> Sou um insaciável devorador ou, melhor, *degustador* de cidades e paisagens. (Esse mesmo apetite no plano humano às vezes chega a ser quase antropofágico). Muito sensível a formas, cores e odores, creio que consigo captar até a impressão tátil de lugares e ambientes, um pouco com a pele e muito com os olhos ajudados pela experiência da memória (p. 15).

Colhem-se em *Israel em abril* meditações sutis sobre a arte de escrever. A citação acima é paradigmática. E este trecho seguinte, curioso, que põe a nu a preocupação do romancista e memorialista com a seleção das relações das palavras, conferindo-lhes, por meio de imagens, uma aparência e um animismo inusitado:

> Julgo que só os escritores germânicos e anglo-saxões é que sabem a nomenclatura exata das plantas e das flores. Tenho aprendido alguns nomes de flores, árvores e frutas, menos por espírito de exatidão científica do que pelo prazer de ouvir-lhes o som e apreciar-lhes a forma gráfica. Pensem na beleza de palavras como álamo, nêspera, murta, romã, rosa, nardo, tâmara, nelumbo. Pêssego sugere penugem. Mandrágora tem feitiço. Casuarina, uma conotação de solitude à tardinha. Mística é a mirra. Macia a avelã. Áspero o cardo. Redonda a laranja. Balsâmico o benjoim. Limpa a alfazema. Mágico o gergelim (p. 108).

Como se vê, o panorama estilístico e ético não tem desvio na obra de 1966, um quarto de século após a primeira visita de Erico Verissimo aos Estados Unidos.

E se aprofundarmos a análise do autor como ensaísta, na *Breve história da literatura brasileira*[10] – textos escritos inicialmente em inglês, em 1944, e vertidos ao português por Maria da Glória Bordini – surpreendemos o mesmo Erico Verissimo, com as marcas de suas opiniões. A dado momento, lá está ele a repetir: "Sou apenas um simples contador de histórias, e o contador de histórias é um homem que sempre exagera as coisas e as pessoas para o bem de sua história" (p. 98).

Há, no contexto da história da literatura brasileira, sínteses inimitáveis e, freqüentemente, o vinco da ironia, tanto para os políticos, quanto para certos escritores.

Erico Verissimo, ao acompanhar a evolução de nossa literatura, está atento às mudanças do século XX: "O aeroplano e o rádio haviam reduzido o mundo a uma esquina" (p. 115). Faz belas reflexões acerca do Modernismo, de suas conquistas, polarizado entre contribuições da esquerda e da direita. A sátira mais feroz do historiador é reservada ao romance *O esperado*, de Plínio Salgado. Já Luís Carlos Prestes e sua coluna apresentam-se sob uma aura mais benevolente. Erico Verissimo, porém, não poupa farpas ao "esnobismo" de Álvaro Lins.

Ao enumerar as contribuições brasileiras para o romance social, não deixa de assinalar:

> A posição dos intelectuais brasileiros de hoje pode ser resumida desta maneira. Há um grupo de escritores de esquerda que desejam um

governo democrático com ênfase no socialismo e que estão lutando em prol de um mundo de cooperação internacional, tomando por base as quatro liberdades de Roosevelt (p. 139).

Mas o depoimento pessoal enquadra-o no campo da literatura descomprometida, conforme diz:

> Em minha opinião, um escritor não deveria pertencer a partidos políticos, porque a pressão por seguir todo o tempo as linhas partidárias sem dúvida arruinará seu trabalho (*Idem, ibidem*).

Jorge Amado merece palavras de louvor, é referido como rapsodo da Bahia. Comentando *Terras do sem fim*, Erico Verissimo não economiza elogios: "É na minha opinião um dos romances mais audazes e impressionantes jamais publicados no Brasil" (p. 147).

Para culminar, iremos transcrever, a título de declaração de princípio, o teor político de suas palavras finais:

> Mas não preciso de perspectiva, seja no tempo ou no espaço, para dizer com muita ênfase que sou inteiramente a favor de um regime democrático com eleições livres, imprensa livre e oportunidades iguais para todos; em suma, um regime capaz de atingir o máximo de bem-estar social com o máximo de liberdade individual (p. 153).

A *Breve história da literatura brasileira* encerra-se com um lúcido ensaio da tradutora Maria da Glória Bordini, que, por sua vez, havia produzido notável interpretação de *Música ao longe*, intitulada "Terra e poder", posposta à edição que utilizamos.

Podemos fechar este périplo de evidências. O conjunto se define por dois movimentos simultâneos na prosa de ficção de Erico Verissimo: o de extremação do realismo narrativo, em conúbio com a história e a sociologia, e o desvio do senso comum da opinião corrente, na medida em que sublima as particularidades do autor. No plano da forma, Erico Verissimo agrega um estilo próprio, de imagens e articulações originais nas seqüências narrativas (o contraponto, por exemplo). No seu esteticismo espacial, cultiva os contornos cromáticos, mais um visualismo descritivo muito próprio.

No plano ideológico da ficção, propõe uma cosmovisão perpassada de juízos de valores éticos e estéticos. Não recusa as avaliações comportamentais, pois adota uma linguagem argumentativa. Ultrapassa a narração (relação de fatos) para atingir outra esfera da retórica do sintagma (sintagmática), ou seja, a argumentação (ou prova), tornando a prosa de ficção um corpo demonstrativo.

O discurso persuasivo de Erico Verissimo modula-se na retórica, que lida com idéias, sendo a verdade a parte mais buscada. Já o corpo da narração cuida das imagens, cujo reino é o do estilo, a poética. Seriam dois sistemas correlatos, mas autônomos. A fusão de ambos constitui a prática discursiva, sua técnica de criação. É nesta que fica evidente a pulsão judicativa de Erico Verissimo, o gosto muito seu de inserir no fluxo do enredo certas áreas livres de comércio intelectual e de registro de opinião.

Fábio Lucas é doutor em Economia Política e História das Doutrinas Econômicas pela Universidade Federal de Minas Gerais. Lá fez também o curso de Especialização em Teoria da Literatura. Entre seus mais de 30 livros destacam-se: O caráter social da ficção no Brasil *(São Paulo: Ática, 1987),* Luzes e trevas – Minas Gerais no século XVIII *(Belo Horizonte: UFMG, 1998) e* Literatura e comunicação na era da eletrônica *(São Paulo: Cortez, 2001).*

NOTAS

1 Cf. "O romance de Erico Verissimo e o mundo oferecido". *In*: LOUREIRO, Flávio Chaves. *O contador de histórias: 40 anos de vida literária de Erico Verissimo.* Porto Alegre: Globo, 1972, pp. 144-157.
2 *Música ao longe.* São Paulo: Círculo do Livro, 1978, p. 99.
3 *Op. cit.*, p. 119.
4 *Música ao longe*, edição citada, p. 120.
5 *O arquipélago.* Porto Alegre: Globo, 1961, p. 203.
6 *O arquipélago.* Porto Alegre: Globo, 1961, v. 1, p. 56.
7 Edição citada, v. 2, p. 406.
8 Usaremos a 23. ed. (São Paulo: Globo, 1987).
9 Utilizaremos a 9. ed. (São Paulo: Globo, 1987).
10 São Paulo: Globo, 1995.

Do moderno ao pós-moderno

Maria da Glória Bordini

Arte e vida deveriam ser simbióticas, na visão dos últimos modernistas, tanto quanto o são à luz do pensamento pós-moderno. A tese não tem sido aceita facilmente, uma vez que a vida histórica, no século XX, mostrou-se um acúmulo de catástrofes. Desde os tempos das vanguardas européias, no início do Novecentos, a desconfiança quanto à pureza de intenções nas práticas sociais burguesas levara a arte e a literatura a encastelarem-se, numa resistência também brutal à corrupção das elites, dos governos e da própria massa da população ideologicamente manipulada para sustentar os diversos imperialismos que se sucederam.

O resultado dos vários modernismos foi o contrário do que desejavam seus adeptos – a arte difícil, hermética, abstrata, feita para os puros e iniciados, afastou o público. A atividade artística tornou-se uma esfera separada da vida comum, pois primava pela agressão aos valores estabelecidos, fossem de que ordem fossem. Mesmo movimentos de contracultura como os *happenings* dos anos 1960, que tentaram borrar a fronteira, continuaram a ser olhados pelo cidadão ordinário como algo estranho, até que, no final do século, as artes construtivistas e conceituais, com suas propostas de interação e de intervenção, com suas instalações e formas eletronicamente moldadas, tornaram indistinto o que antes fora radicalmente defendido: o critério que separava arte de não-arte, e que supunha uma diferença entre o objeto fabricado e o artístico.

Dos modernismos, que recusaram as obras da razão instrumental da sociedade moderna, advogando o irracionalismo, o absurdo e às vezes a assepsia intelectual, às tentativas de corrigir seus rumos antiiluminstas por uma racionalidade não mais centrada no sujeito, mas na intersubjetividade lingüisticamente mediada – que foi como o filósofo Jurgen Habermas conceituou o período pós-moderno e seus hibridismos, paródias e desconstruções[1] – o ponto-chave foi a retomada da questão arte-vida. O legado estético das vanguardas e seus seguidores concedera à linguagem um potencial criativo antes admitido apenas ao pensamento puro. Linguagens, signos, simbolização, cadeias significantes em perpétua substituição e diferenciação foram entendidas como o cerne das noções de mundo, tanto do grande público quanto de quaisquer elites. Conhecer e dominar seu funcionamento, suas estruturações possíveis, sua ação performativa seria uma nova espécie de riqueza, pois é de linguagem que se fazem as coisas e os próprios homens.

Nessa luta desencontrada de modernos e pós-modernos por reaproximar a arte da vida, tornando-a outra vez significativa para o homem comum, a quem os tormentos da lucidez soam irrelevantes diante da dureza do cotidiano, Erico Verissimo desempenha um papel à parte no cenário das letras brasileiras. Sua literatura nunca esqueceu a medida do público a que se dirigia, atitude rara em tempos que não consideravam o leitor como peça essencial do sistema literário. Essa preocupação em dialogar com o público, numa troca simétrica de visões da realidade e de prospecções do que esta poderia se tornar, valeu-lhe a etiqueta de autor concessivo, escritor menor, mas não o demoveu, ao longo da vida, de continuar o diálogo de modo a ser entendido o menos discriminadamente possível.

É assim que seu romance adere à memória popular, sem que incida em facilitações grosseiras e sem renunciar ao apuro artístico que sua técnica narrativa supõe. Nele, a vida histórica se ficcionaliza em arte, permitindo, na urdidura das ações e personagens, o reconhecimento dos destinos pelo leitor como coisa sua. Uma e outra, porém, sofrem o influxo dos tempos, diferenciando-se conforme estes se alteram. O que mantém a unidade de interesse da obra é a coerência ética de Verissimo, a qual assegura a seus leitores que não serão traídos, nem serão agredidos salvo se o merecerem.

A experiência da modernidade

O que salta à vista, no primeiro romance de Erico Verissimo, *Clarissa*, de 1933, é a polifonia das vozes a se entrecruzarem na pensão de D. Eufrasina. Na abertura, sob os olhos melancólicos de Amaro, nela encantado, a adolescente Clarissa se balança no galho de um pessegueiro florido e de imediato a cena contemplativa, uma lírica aquarela em tons primaveris, se enche de sons. D. Eufrasina chama a sobrinha para o colégio, o menino doente começa a chorar por ela no quintal vizinho, o papagaio ecoa seu nome, o major Pombo a saúda, há ruídos no quarto do judeu, e do banheiro vem o samba-canção do alegre Nestor. Ao longo do livro, o diz-que-diz-que, os bate-bocas, os sussurros, as lamúrias, as fofocas dominam os diálogos, elemento mais constante no plano da narração.

Erico Verissimo, leitor de Aluísio Azevedo e ele mesmo versado na vida cotidiana das casas de pensão – pois habitara em algumas ao vir de Cruz Alta para Porto Alegre, antes e depois de casado –, translada sua experiência para a história da jovem normalista, de modo que se alternem diversas personagens, cada uma com seus problemas pessoais, expressos em geral nas falas, para tecer a trama do texto, a qual não passa da revelação gradativa à menina-moça da "vida como ela é", como dizia Nelson Rodrigues. O quadro, porém, não lembra o naturalismo de Azevedo, nem a focalização se confunde com os pontos de vista de Erico: é pela percepção de Clarissa que a pensão se abre, com aquele arrebatamento admirativo que Aristóteles já situara como o início do filosofar.

A mestria do estreante Verissimo na arte romanesca não acontece de repente. Erico havia sido desde mocinho um leitor voraz: seu tio Catarino Azambuja, casado com a irmã de seu pai, Maria Augusta, era um amante de Eça de Queirós, que o sobrinho não só lia e comentava com ele, mas até encenava em seus serões. O outro tio João Raymundo, marido de Iracema, irmã da mãe do escritor, o fazia ler Ibsen, Anatole France, o Shakespeare de *A tempestade*[2]. A biblioteca de seu pai, Sebastião, contava com autores brasileiros – Afrânio Peixoto, Coelho Neto, Joaquim Manuel de Macedo, Afonso Arinos, José de Alencar –, bem como estrangeiros: em 1918, com 13 anos, em plena gripe espanhola, Erico lia Dostoiévski, Tolstói, Walter Scott e Zola, como informa em *Solo de clarineta*[3]. Essa bagagem de leituras não lhe permitia ignorar os modos de composição do romance, fosse na tradição nacional ou na internacional.

Assim é que seu primeiro romance já não nasce inocente: é tributário do Modernismo de 22, tanto quanto inova o que os Andrades haviam feito, seja em *Amar, verbo intransitivo*, de Mário, ou *Memórias sentimentais de João Miramar*, de Oswald. Erico os lia com certa perplexidade, trazendo, como tantos outros escritores sulinos, um repertório de leituras que privilegiava o realismo europeu ao lado do simbolismo, especialmente o francês. As vanguardas seriam lidas por Verissimo mais tarde, mas no início dos anos 30, o que nele ressoava eram as obras de Rosamond Lehmann, *Dusty Answer* e de Francis Jammes, *Clara d'Ellebeuse*.[4] Erico não cita um antecessor óbvio, o Samuel Richardson de *Clarissa*, provavelmente porque viria a conhecê-lo bem depois da criação da figura da ingênua jovenzinha de Jacarecanga.

Seu romance inicial, em vista disso, lembra muito mais um mosaico de impressões, em que a seqüência cronológica dos acontecimentos evita o caos, facilitando a imersão do leitor na trama, mas desses acontecimentos apenas recortes, ressonâncias, falas incompletas são oferecidos, de modo que a vida na pensão consegue ser apreendida por vislumbres, flashes, cenas interrompidas, sem aprofundamento quer na interioridade dos seus habitantes, revelada por rápidas alusões, quer em seus dramas pessoais, apenas tangenciados. Nos romances que seguem *Clarissa*, *Caminhos cruzados* (1935), *Música ao longe* (1935), *Um lugar ao sol* (1936), *Olhai os lírios do campo* (1938), *Saga* (1940) e *O resto é silêncio* (1943), Erico refina essa técnica, concedendo maior espaço a motivações, mas se mantém fiel a uma composição fragmentária, beneficiada pelo emprego criativo da técnica de contraponto, aprendida com John Dos Passos, em *Manhattan Transfer* e Aldous Huxley, em *Point Counter Point,* este último traduzido por ele em 1933.

Caminhos cruzados merece destaque entre aqueles livros do autor, embora todos partilhem os mesmos artifícios compositivos e certas personagens. É no seu segundo romance que Erico inaugura, para o modernismo brasileiro, o romance urbano descentrado, solidificando-o como literatura de protesto social inequívoco. A partir de um certo comprometimento com os ideais socialistas em voga no período entre-guerras, *Caminhos cruzados* recusa as hierarquizações. A história não possui um núcleo temático: é formada de muitas pequenas histórias que transcorrem em diferentes bairros de classe alta, média e baixa da capital do Rio Grande do Sul, ao sabor dos deslocamentos de seus protagonistas. O conflito se dá entre poderosos e humildes, ricos e pobres, numa análise satírica dos primeiros e compadecida dos últimos. A disposição entrecruzada das vidas de Fernanda e Noel, João Benévolo, dr. Seixas, Dodó e Leitão Leiria, d. Eudóxia e d. Maria Luísa e Zé Maria, prof. Clarimundo, Chinita e Salu, Pedrinho e Cacilda, para citar algumas, areja a trama e sustenta a leitura sem a necessidade de um fio condutor, trabalhando o suspense pelo corte de cada história em momentos nem sempre críticos, como ocorria nos folhetins.

No livro, a figura de Fernanda como mulher forte e decidida surge para fazer um dueto com a de Clarissa, a mocinha indagadora e desacomodada, que em *Música ao longe* vai amadurecer, testemunhando a desagregação lenta de sua família de terratenentes locais em Jacarecanga, cidade imaginária em que ressoam notas distantes da Cruz Alta do autor e que viria a tomar corpo na Santa Fé de *O tempo e o vento*. Em Jacarecanga estão em gérmen o autoritarismo dos governantes, os conflitos dos grandes proprietários de terras lutando com a perda de poder econômico e político, a ameaça da implantação de indústrias concorrentes com a pecuária pelos imigrantes europeus, que retornam na trilogia de Erico com muito maior força, mas também há o esboço de um capitão Rodrigo ou de um dr. Rodrigo Terra Cambará na figura do enamorado de Clarissa, Vasco, o Gato do Mato, apelido que a moça lhe dá por seu caráter rebelde e selvagem.

É na desorientação do jovem Vasco, quando sai de Jacarecanga e vai para Porto Alegre com a família arruinada de Clarissa, em *Um lugar ao sol,* que o romance urbano de Erico se torna nitidamente a crônica da sociedade burguesa. Ainda numa montagem em que o autor vê "tumultuosas demasias"[5], desdobra-se uma história de afirmação da juventude esperançosa ante as elites sociais esclerosadas. Os casais jovens, Vasco e Clarissa e Fernanda e Noel, são reunidos pelos acasos da vida urbana, todos em luta por emprego e vida digna, num sistema que não lhes oferece aberturas, salvo para despojá-los de seu idealismo juvenil. Vasco, nesse texto, recebe uma dose de atenção maior como personagem, embora não se torne o herói da história. É nele e em Fernanda que Erico concentra as possibilidades de "fazer-se a si mesmos", opondo um ao outro no sentido de que a moça não admite concessões éticas para subir na vida e o rapaz se deixa seduzir pelo luxo da alta sociedade e quase se corrompe. Ambos são salvos, entretanto, pelas profissões artísticas: Fernanda como editora de livros e Vasco como pintor-ilustrador.

A redenção pela arte, claramente proposta aos jovens de *Um lugar ao sol,* responde aos ideais modernistas derivados das vanguardas européias na fase de consolidação do romance de 30. Ou a literatura apresentava o retrato desolador da miséria brasileira, como nos textos de Rachel de Queiroz, Jorge Amado ou José Lins do Rego, onde não há saídas para quem está na base da pirâmide social, salvo a revolução ou a sublevação, ou o impasse era resolvido pela criatividade humanizadora. Essa foi a opção de Erico, antibelicista por convicção,

após haver desvendado em parte o mistério da morte de Joana, Santiago ouve a *Quinta sinfonia* de Beethoven no Theatro São Pedro. Estimulado pelo vibrante "Finale" da música, ele imagina a filiação ancestral do público, numa linha de tempo que remonta às missões jesuíticas. É nessa rememoração das origens, nesse rearranjo ficcional da história que Santiago encontra nova esperança civilizatória para os atuais tempos de guerra, que o afligem. Nessa contemplação da diversidade étnica, da mescla de sangues e culturas da platéia atenta à música do romântico alemão, na evocação do passado de lutas e extremas dificuldades que permitiu aquelas presenças numa audição culta, está em semente a idéia de *O tempo e o vento*, que Erico publicaria entre os anos de 1949 a 1962.

Durante a elaboração da trilogia, desenvolvendo o que ele denomina de arranjos sinfônicos dos três volumes[8], o momento de sombra volta a emergir, desta vez não mais motivado pela guerra, mas talvez pela acolhida morna de *O retrato*, segundo título da série. Sabe-se que a recepção desse livro foi pouco entusiástica, uma vez que a curva ascendente de *O continente* parecia nele sofrer uma ruptura irrecuperável. A dimensão heróica havia desaparecido e o retrato do "caudilho esclarecido" em Rodrigo Terra Cambará desembocava num impasse, sugerindo a impossibilidade de que a história pudesse dar-lhe qualquer descendência significativa e, portanto, fosse continuável. O fato é que Erico, desgostoso com os rumos autoritários do segundo governo getulista, se tornara diretor do Departamento de Assuntos Culturais da União Pan-Americana, em Washington – e a escrita do terceiro volume ficou adiada até sua volta ao Brasil.

Numa de suas vindas ao Rio Grande do Sul, na praia de Torres, Erico escreveu de chofre a novela *Noite*, cujo título parece sugerir simbolicamente a situação de bloqueio criativo em que a trilogia se encontrava. História de um indivíduo amnésico, que atravessa a noite de uma grande cidade – facilmente identificável com a topografia de Porto Alegre – em busca de sua identidade, acompanhado por um gigolô mefistofélico e um artista corcunda, o romance do Desconhecido se afasta da predominância da claridade que caracteriza todo o romance urbano do autor. A cidade – símile do inconsciente do herói – é representada como um ser vivo, ameaçador, pronto a devorar o herói, o qual perambula pelos seus locais mais lúgubres e eventualmente pervertidos, sob o domínio de seus mentores diabólicos, embora a distância haja um mendigo que os segue como um anjo protetor. Insinua-se no texto uma simpatia pelo lado obscuro da personagem, que corresponde ao fascínio exercido mais tarde pelo corrupto dr. Rodrigo sobre o narrador de *O arquipélago.*

Importa, porém, que *Noite* encerra a série de romances explicitamente urbanos do escritor, embora nos últimos anos de sua vida ele estivesse planejando e já contasse com roteiros e esboços de um novo romance situado ou em Porto Alegre ou no Rio de Janeiro, que deveria discutir a sociedade dos anos 70, sob a ditadura militar, denunciando seu culto às aparências e às máscaras. Chamar-se-ia *A hora do sétimo anjo*, em alusão ao Apocalipse de São João, e enfatizaria a sátira *noir* já praticada em *Incidente em Antares*, retomando temas como a intolerância, a perseguição política, a tortura, o abuso do poder e a vacuidade da busca de sucesso pessoal e de fortuna. Seria igualmente uma espécie de homenagem a Machado de Assis, tomando emprestado de *Memórias póstumas de Brás Cubas* a narração de além-túmulo, por meio de um Olho onividente[9].

O retorno de Erico ao país, em 1956 – quando assume definitivamente a profissão de escritor, renunciando a seu papel de conselheiro editorial da Globo e de agente cultural do Brasil na Organização dos Estados Americanos –, não só proporciona a conclusão do terceiro volume da trilogia, mas uma virada importante na produção romanesca do autor. Em O *arquipélago* essa mudança já está prefigurada, nas "Reuniões de família", quando o assunto de discussão no Sobrado do dr. Rodrigo, com seus filhos e amigos, é sempre a política local e nacional e o jogo das ideologias.

No limiar da pós-modernidade

Erico, ao conhecer de perto os meandros da diplomacia de Washington, parece ter revisado sua simpatia pela política externa dos Estados Unidos, manifestada em seus livros de viagens *Gato preto em campo de neve* e *A volta do gato preto*. Em suas estadas anteriores nos EUA, no período da Segunda Guerra, o que ele vira fora a mobilização dos norte-americanos na defesa da liberdade e os benefícios que a civilização da alta tecnologia, da livre imprensa e da justiça para todos trouxera àquela nação sob Roosevelt. Na direção do Departamento de Assuntos Culturais da UPA (OEA), entretanto, visitou diversos países centro e sul-americanos e percebeu as intenções imperialistas dos Estados Unidos, que à época estavam empenhados no combate à sovietização da América do Sul, no auge da Guerra Fria. Como é sabido, a interferência norte-americana atingiu também o Brasil, incentivou o golpe militar de 1964 e, com a nefanda Operação Condor, implantou ditaduras sanguinárias em diversos países vizinhos.

O escritor, trazendo à baila a discussão ideológica em *O arquipélago* e opondo dialeticamente posições inconciliáveis como as do comunista Eduardo e do terratenente Jango, superadas pelas de Floriano, outra vez o porta-voz do humanismo, prepara o caminho para um outro tipo de romance, o de decidido fundo político. *O senhor embaixador* (1965), *O prisioneiro* (1967) e *Incidente em Antares* (1971) se mantêm fiéis às técnicas narrativas praticadas por Erico nos romances urbanos e na trilogia histórica, com episódios entrecruzados e encaixados uns nos outros, mas o espírito dos relatos é diverso. Questiona-se eticamente o direito de intervenção externa nos assuntos internos das nações, nos dois primeiros, e a estrutura moral de uma sociedade que viola os direitos mais fundamentais de seus cidadãos, os de viver e de morrer com dignidade.

O senhor embaixador lembra *Saga*, com seus supostos defeitos corrigidos. A obra se divide em duas partes, uma na embaixada de Sacramento em Washington, movimentando o carrossel das intrigas e manobras palacianas para consolidar a ditadura no fictício país centro-americano, e a outra na ilha em que o povo toma a si a revolução, conduzido à guerrilha por líderes imbuídos dos ideais leninistas. Entre esses dois territórios simbólicos, vagueia a indecisa figura de Pablo Ortega, pintor e poeta, adido cultural do embaixador Gabriel Heliodoro Alvarado, constrangido por ter de apoiar o representante da ditadura de seu país, que o fascina por sua virilidade estuante e desfaçatez de grande conquistador, mas também por enfrentar heroicamente um fim humilhante.

O romance é um atrevido estudo de personalidades das esferas políticas dos anos 60, ao abrigo de um país fictício, cujo nome evoca sub-repticiamente a Colônia do Sacramento, região diretamente atingida pela Operação Condor no extremo-sul da América Latina. Opõem-se homens de direita e de esquerda, militares belicosos e pacifistas engajados em lutas de libertação, festas diplomáticas em Washington e guerrilhas nas montanhas em Sacramento. Se Gabriel Heliodoro não tem dúvidas sobre a quem deve lealdade, Pablo Ortega precisa vencer seu lado humanista para libertar seu país, praticando atos de guerra que abomina. O livro, assim, trabalha basicamente com tensões – morais, políticas e sexuais –, encenando metaforicamente as dúvidas ideológicas suscitadas pela revolução cubana de Fidel Castro, ante o apoio norte-americano à ditadura de Batista em razão dos interesses econômicos ianques no país.

Deve-se lembrar que *O senhor embaixador* saiu um ano depois do golpe de 1964 e que a conclusão a que Pablo chega é favorável, embora difícil de engolir pela própria personagem, à revolução comunista armada. Nessa mesma época, gestavam-se os movimentos guerrilheiros no Brasil, que alcançariam seu ápice no início dos anos 70. Tratar de um tema desses, num país dividido entre extremistas de direita e esquerda, pesando os prós e os contras de cada lado, era um ato de coragem política, que raros escritores da época emularam.

Outro gesto ousado de Erico Verissimo foi sair fora da discussão da nacionalidade, da identidade brasileira, que vinha se repetindo desde o romantismo alencariano até o neo-regionalismo de Guimarães Rosa, para aventurar-se por terras estrangeiras, examinando suas opções políticas e o destino de suas utopias. Assim como deixara de lado a crônica das cidades e da burguesia empresarial dos primeiros romances, e se entregara à revisão da história de seu estado natal em *O tempo e o vento*, agora seu interesse se volta para a sociedade mundial, acompanhando os pontos-chave dessa outra história: Estados Unidos x Cuba e, logo em seguida, EUA x Vietnã, em *O prisioneiro*. Entendendo esses dois conflitos como ameaça não apenas à paz internacional, mas à sobrevivência da espécie – nos dois casos o uso de armas nucleares foi cogitado –, Erico assume o risco de tratar deles na seqüência de uma produção literária que o consagrara no romance histórico, impelido pela urgência de comprometer-se eticamente com um outro modelo de humanidade, o qual não implicasse a matança por ideais.

O prisioneiro toma a forma de uma parábola antibelicista, em que um Tenente norte-americano negro deve extrair de um guerrilheiro vietnamita uma confissão de importância vital para a segurança da cidade ocupada, ao preço de sua própria integridade. A atmosfera da cidade oriental inominada – o modelo empregado foi Hue[10] –, sob o domínio das tropas intervencionistas norte-americanas, minado pelos ataques-surpresa dos guerrilheiros, é reconstituída com exemplar nitidez, já que Erico trabalhou a partir das reportagens norte-americanas do início da intervenção militar no Vietnã, em que a cobertura fotográfica era abundante. A situação introdutória em que o Tenente está no quarto 435 do Hotel du Vieux Monde sob as pás do ventilador de teto parece saída do filme de Francis Ford Coppola, *Apocalipse now,* não fosse este posterior ao livro – é de 1979.

A abominação da tortura, praticada por razões de autodefesa do Estado, de mistura com a autojustificação de estar guerreando um inimigo que não hesita em adotar técnicas terroristas contra inocentes civis, é o ponto central da história de *O prisioneiro*, permitindo a Erico o exame, outra vez, das legitimações ideológicas para atos desumanos. O assunto continua sendo complexo e atual, mas à época o texto foi lido mais como uma metáfora contra os desmandos da ditadura no Brasil e contra o intervencionismo dos Estados Unidos do que como uma tomada de posição contra aquilo que Jean-François Lyotard chamou de grandes relatos[11] de legimitação.

Talvez para atender à grita de que se desviara da denúncia da crise institucional de seu próprio país, talvez porque a incursão pelo estrangeiro lhe tivesse provado a possibilidade da metaficção historiográfica de que fala Linda Hutcheon[12], sob a forma de romance contra-ideológico, Erico prossegue sua produção romanesca com um texto-estuário, *Incidente em Antares.* Neste, confluem a sátira dos romances urbanos, a revisão da história pela ótica de dominadores e dominados, praticada na trilogia, e a acuidade da visão política dos dois romances anteriores. Também como em *O senhor embaixador*, dividida em duas partes, "Antares" e "O incidente", a história focaliza uma cidade interiorana, eco remoto de Jacarecanga, governada por uma súcia de políticos e juristas corruptos, mancomunados com grandes indústrias estrangeiras fixadas na região, que mantêm a população amordaçada por uma polícia truculenta a qual não hesita em prender e torturar qualquer dissidente. Nada seria mais semelhante à situação do país à época da ditadura militar.

O livro, inovadoramente, pratica uma intertextualidade intraliterária, pois, para expor as razões históricas desse comportamento dos próceres de Antares, relata, como ocorre na trilogia, a formação dessa sociedade autoritária, só que desde os tempos pré-históricos, insinuando que as autoridades representadas têm suas origens nos monstros antediluvianos do Pleistoceno. O que havia de substrato mítico na obra intratextualizada, *O tempo e o vento*, nesse romance é inteiramente ignorado. Os começos são brutais e seus desenvolvimentos também. A história de duas famílias rivais disputando o poder local persiste, mas sob tom paródico. Quando irrompe o fantástico, com o despertar dos mortos em seus caixões, ocasionado pela greve geral que impede os coveiros de trabalharem, as personagens-tipo da trilogia são condensadas e reescritas. No advogado, na ricaça, no operário, no anarquista, no bêbado, na prostituta e no músico ressoam os bacharéis, as senhoras do Sobrado, especialmente Bibiana, o pintor e anarquista d. Pepe, os populares, amigos do dr. Rodrigo, as chinas, enfim, os funcionários públicos aliados do governo, as mulheres influentes e a raia miúda, que se erguem para pôr a nu as torpezas do poder.

Com esse procedimento intertextual e autoparódico, Erico consegue ao mesmo tempo criar uma nova parábola contra a ditadura militar e revisar sua própria revisão da história, eliminando certos idealismos e mitificações que pudessem ter restado na trilogia. Contudo não abre mão da utopia humanista, representada pela fuga da mulher e do filho de João Paz, justamente a família operária oprimida que terá possibilidades, num futuro não entrevisto, de modificar o *status quo.* A técnica narrativa também se desdobra num leque de alternativas, incluindo o diário de Martim Francisco, as reportagens de Lucas Lesma, os extratos de narrativas de viajantes, os diálogos das personagens, retomando a polifonia de vozes que despontava em *Clarissa*, mas desta vez impregnada de interesses menos pessoais e mais políticos.

Depois de *O arquipélago*, Erico põe em ação uma arte romanesca diversa da que empreendera até então. O que ressalta nessa última série de romances é o descolamento do modelo urbano e a interpretação da história não do ponto de vista de certas personagens-chave, como Clarissa, Fernanda, Bibiana, Vasco, Tônio Santiago e o próprio Floriano, no entanto por ângulos fornecidos pela própria estruturação dos relatos. Assim, não há perspectivas privilegiadas – por exemplo, a de Pablo Ortega em relação à de Gabriel Heliodoro, ou a do Tenente sobre a da sua amiga Professora. *Incidente em Antares* é o ponto culminante desse novo empreendimento estético: nele não se encontram soluções definitivas, tudo se relativiza e até mesmo o sobrenatural – recurso infalível do realismo mágico latino-americano para casos extremos como o de Antares – falha em decretar a volta à normalidade, pois a cidade não muda após o maravilhoso do incidente que nela ocorre. Por outro lado, Erico não deixa de manifestar seu próprio esquema de valores, o que faz por algum porta-voz, como em toda sua obra (nesse caso, por Martim Francisco Terra). A diferença é que esse credo já não impregna todo o romance, proporcionando maior latitude para as personagens entrarem em dissenso.

Presente e passado

Pensando o último século, o historiador da literatura Miklós Szabolcsi[13] nele observa, nos anos 20, uma fase antibelicista, após a Primeira Guerra Mundial, entusiasmada com o advento da revolução comunista, contrabalançada por uma virada à direita, em virtude das dificuldades da economia do pós-guerra; nos anos 30, salienta o crescimento de um sentimento antifascista, uma última esperança de "união das forças progressistas", desmantelada pelos desmandos do stalinismo; nos anos 40, um clima de catastrofismo durante a Segunda Guerra Mundial; nos anos 50 uma nova fase de esperança com as conquistas tecnológicas da física, da eletrônica e da biologia; nos anos 60 e décadas posteriores um desencanto agora descrente de que a ciência ou a arte pudessem alterar as condições de vida, por mais que ambas tivessem ultrapassado os limites do pensável.

Há, entre os tempos modernos e pós-modernos, uma continuidade e uma ruptura que embaralham qualquer divisão expressa. Entre os autores modernos, o que faziam um Joyce, um Proust, uma Virginia Woolf, uma Clarice, um Guimarães, um Faulkner, um Gide ou Beckett, não era o que se encontrava em um Thomas Mann, um Steinbeck, um Günter Grass, ou um Graciliano. Na literatura, poder-se-iam arrolar, de um lado, os experimentalistas, desde aqueles que trabalhavam as dúteis possibilidades narrativas, até os que davam voz aos fluxos de consciência, aos assomos do inconsciente e aos redemoinhos da memória. De outro lado, se enfileirariam os que teimavam em deixar o sentido transparecer sem dar visibilidade à linguagem, os que insistiam mais na necessidade de dar forma verbal a seu modo de ver a realidade externa do que de enveredar pelo labirinto das interioridades sem tempo-espaço tangíveis.

É difícil situar os escritores hoje tidos como pós-modernos num campo diverso desses modelos, quando se pensa num John Fowles ou num Thomas Pynchon, que poderiam ser filiados aos vanguardistas do romance, ou em um Umberto Eco, Phillip Roth ou Rubem Fonseca, que se alinhariam aos neo-realistas. Entretanto a literatura contemporânea, embora a sugira, não permite tal fusão tentadora. Apesar das semelhanças técnicas, o romance pós-moderno, seja ele mais exigente no trato da matéria e da voz narrativa, seja ele aparentemente muito mais legível do que escrevível – na terminologia consagrada por Roland Barthes[14] – diverge nitidamente de seus antecessores modernos. Há nele uma nova tentativa de aproximação entre arte e vida: a metaficção historiográfica, ou seja, a narrativa que revisita a história e ao mesmo tempo mostra seus artifícios literários, o romance paródico, que retoma formas e temas anteriores e os inverte, representam o retorno da legibilidade, do texto prazeroso, que chama a si o leitor e não quer afastá-lo.

Nos dois campos, densamente povoados, do romance moderno e do pós-moderno, está inserida a produção de Erico Verissimo, como um caso raro na literatura nacional. Tendo vivido nos dois tempos (1905-1975), o escritor sofreu a "angústia da influência", de que fala Harold Bloom[15]. Ante o texto experimental dos modernistas de 22 – por sua vez reflexo das vanguardas européias – e o neo-realista do segundo modernismo da geração de 30, foi fiel à busca de relevância vital para a arte, rejeitando a chamada "forma difícil", que através do choque estético despertaria as consciências adormecidas pela alienação. Optou pelo Modernismo de 30, ao escrever seu primeiro romance, *Clarissa*, de 1933, e os demais, até 1949, cuja ambientação ocorre ou na capital do Rio Grande do Sul, como *Caminhos cruzados* ou *O resto é silêncio*, ou em cidades imaginárias do interior do estado, como *Música ao longe*.

Todavia, esse buscado neo-realismo diverge do de seus colegas de geração. Sem abandonar a estética da denúncia social e de transparência de linguagem, que os caracteriza, ele se vale de uma forma literária talhada para expressar a cidade, a das vidas em contraponto, e lhe acrescenta, de uma parte, procedimentos típicos da arte cinematográfica, como *plongés* e *travellings*, tomadas de primeiro plano e tomadas panorâmicas, aéreas, e, de outra, lança mão de artifícios da música erudita, como a divisão em movimentos das sinfonias e concertos, os andamentos alternadamente prestos e adágios, a polifonia de vozes, que tornam seus textos tecnicamente mais modernos do que os da mesma época.

Diante da metaficção historiográfica dos escritores pós-modernos, que remonta aos anos 60 e resolve a equação arte-vida pelo estímulo à identificação entre obra e leitor, num contínuo auto-espelhamento, investe sobretudo na linha latino-americana do realismo mágico, em que o leitor é levado pelo texto a imaginar referentes para frases que não respeitam a lógica do espaço-tempo real[16].

O lugar do romance latino-americano na literatura pós-moderna tem sido delimitado a partir da literatura de Borges, de um lado, e de García Márquez, de outro. Também aqui não há consenso, já que um pratica o que se poderia chamar de narrativa reflexiva, em que o fantástico metaforiza indagações de ordem filosófica e interesse universal e o outro tenta, pelo maravilhoso, dar tangibilidade ao absurdo das relações sociais e políticas do continente. A proposição, num caso e no outro, de uma lógica alternativa, afastada da que governa a história sofrida da América do Sul, colônia nunca emancipada, questionando toda a espécie de dependência, inclusive estética, e advogando o respeito à diversidade de culturas, é o que inclui essa produção no que se denomina de arte pós-moderna.

Erico, leitor não apenas dos norte-americanos, mas igualmente dos latinos, vê nestes possibilidades narrativas atraentes. Ao mesmo tempo que tais romances ou contos falam sobre si mesmos, desnudando seus próprios modos de composição, põem em causa ideologias e desmontam utopismos, operando a desconstrução de formas hegemônicas de pensar. Erico recolhe deles a lição autodesconstrutiva em *Incidente em Antares*, a revisitação da história pela perspectiva de opressores e oprimidos, já em *O tempo e o vento*, em *Incidente* e em *O prisioneiro*, o que representa um passo adiante da mera versão dos dominados, porque implica uma dialética e não a simples inversão do binômio, e constrói *O senhor embaixador* dum ponto de vista pós-colonial, adiantando-se a muitos de seus colegas mesmo latino-americanos. Como eles, não decreta o fim das utopias, à moda de norte-americanos e europeus, já que o continente tem muito a transformar e não pode cair no desalento ocioso das culturas ditas desenvolvidas.

Seu romance, assim, responde aos apelos da história, principalmente servindo-lhe de memento e corretivo. Do desinteresse pelo tempo, que está no âmago da vida urbana, a qual funciona mais espacial do que temporalmente, e que se manifesta na estética moderna pela fragmentação e montagem, Erico chega ao hibridismo do presente com o passado, típico do pensamento pós-moderno, e cultiva o romance histórico, não em busca da totalidade em que as contradições se superam, como no modelo lukácsiano, mas como releitura para iluminar o presente.

Maria da Glória Bordini, professora do Departamento de Letras da PUCRS, é coordenadora do Acervo Literário de Erico Verissimo (Alev). Publicou Fenomenologia e teoria literária *(São Paulo: Editora da Universidade de São Paulo, 1990) e* Criação literária em Erico Verissimo *(Porto Alegre: L&PM, 1995), entre outros livros.*

NOTAS

1 "El contenido normativo de la modernidad". Tradução para o espanhol de Manuel Jiménez Redondo. *In*: HABERMAS, Jurgen. *El discurso filosófico de la modernidad*. Madri: Taurus, 1989, pp. 397-433.
2 Cf. VERISSIMO, Erico. "João Raymundo". *In*: ___. *Um certo Henrique Bertaso. Artigos diversos.* 9. ed., São Paulo: Globo, 1996, pp.183-191.
3 Porto Alegre: Globo, 1981, v. 1, p.121.
4 Cf. VERISSIMO, Erico. "Prefácio". *In*: ___. *Clarissa.* Porto Alegre: Globo, 1981, p. IX.
5 VERISSIMO, Erico. "Prefácio". *In*: ___. *Um lugar ao sol*. Porto Alegre: Globo, 1981, p. VII.
6 Cf. *Solo de clarineta,* v. 1, p. 256.
7 VERISSIMO, Erico. "Prefácio". *In*: ___. *Saga.* Porto Alegre: Globo, 1981, p. XIII.
8 No rascunho de uma entrevista a respeito de *O arquipélago* (Acervo Literário de Erico Verissimo, Alev – 01i0047-sd, p. iii), Erico menciona uma "longa sinfonia dividida nos clássicos movimentos e possivelmente com grandes massas corais".
9 No espólio de Erico encontrou-se uma pasta-arquivo com inúmeros esboços desse romance (Alev – 04f0082-43/75). Ver a seção "Inéditos" destes CADERNOS.
10 Cf. agenda contendo, entre outras, muitas notas para *O prisioneiro* (Alev – 04b0056-1965).
11 "Os relatos da legitimação do saber". *In*: LYOTARD, Jean-François. *O pós-moderno.* Tradução de Ricardo Corrêa Barbosa. Rio de Janeiro: José Olympio, 1986, pp. 58-66.
12 *Narcissistic narrative – The metafictional paradox*. Nova York: Methuen, 1980.
13 *Literatura universal do século XX – Principais correntes*. Tradução de Aleksandar Jovanović. Brasília: Editora da Universidade de Brasília, 1990, pp. 107-231.
14 *O prazer do texto.* Tradução de J. Guinsburg. São Paulo: Perspectiva, 1977.
15 *A angústia da influência – Uma teoria da poesia*. Tradução de Arthur Nestrovski. Rio de Janeiro: Imago, 1991, pp. 43-5.
16 Cf. HUTCHEON, *op. cit.*, pp. 80-1.

O arquipélago

OBRAS DO AUTOR*

1. Contos

Fantoches. Porto Alegre: Globo, 1932.

As mãos de meu filho. Rio de Janeiro: Meridiano, 1942.

O ataque. Porto Alegre: Globo, 1958.

2. Romances

Clarissa. Porto Alegre: Globo, 1933. 4. ed., revista, São Paulo: Globo, 2003.

Caminhos cruzados. Porto Alegre: Globo, 1935. 2. ed., revista, São Paulo: Globo, 2002.

Música ao longe. São Paulo: Nacional, 1936. 2. ed., revista, São Paulo: Globo, 2002.

Um lugar ao sol. Porto Alegre: Globo, 1936.

Olhai os lírios do campo. Porto Alegre: Globo, 1938. 2. ed., revista, São Paulo: Globo, 2002.

Saga. Porto Alegre: Globo, 1940.

O resto é silêncio. Porto Alegre: Globo, 1943.

O tempo e o vento (1ª Parte) – O continente. Porto Alegre: Globo, 1949; *O tempo e o vento – O continente I*. 2. ed., re-

* Em 2001, a editora Globo começou a republicar os livros de Erico destinados ao público adulto, a partir do texto estabelecido pelo Alev, passando-se a considerar tais relançamentos como a segunda edição dos respectivos títulos – embora, naturalmente, tenha havido outras, intermediárias, que tornaram Verissimo um dos escritores mais populares do país.

vista, São Paulo: Globo, 2002. *O continente II*. 2. ed., revista, São Paulo: Globo, 2002.

O tempo e o vento (2ª Parte) – O retrato. Porto Alegre: Globo, 1951. *O tempo e o vento – O retrato I*. 2. ed., revista, São Paulo: Globo, 2002. *O tempo e o vento – O retrato II*. 2. ed., revista, São Paulo: Globo, 2002.

O tempo e o vento (3ª Parte) – O arquipélago I e II. Porto Alegre: Globo, 1961. *O tempo e o vento – O arquipélago I*. 2. ed., revista, São Paulo: Globo, 2003. *O arquipélago II*. 2. ed., revista, São Paulo: Globo, 2003.

O tempo e o vento (Conclusão) – O arquipélago III. Porto Alegre: Globo, 1962. 2. ed., revista, São Paulo: Globo, 2003.

O tempo e o vento. Porto Alegre: Globo, 1963, 7 v..

Ana Terra. Porto Alegre: Globo, 1971.

O senhor embaixador. Porto Alegre: Globo, 1965.

O prisioneiro. Porto Alegre: Globo, 1967. 2. ed., revista, São Paulo: Globo, 2003.

Incidente em Antares. Porto Alegre: Globo, 1971. 2. ed., revista, São Paulo: Globo, 2002.

3. Novela

Noite. Porto Alegre: Globo, 1954.

4. Literatura infanto-juvenil**

A vida de Joana d'Arc. Porto Alegre: Globo, 1935.

As aventuras do avião vermelho. Porto Alegre: Globo, 1936. São Paulo: Companhia das Letrinhas, 2003.

Os três porquinhos pobres. Porto Alegre: Globo, 1936. São Paulo: Companhia das Letrinhas, 2003.

Rosa Maria no castelo encantado. Porto Alegre: Globo, 1936. São Paulo: Companhia das Letrinhas, 2003.

Meu ABC. Porto Alegre: Globo, 1936.

As aventuras de Tibicuera. Porto Alegre: Globo, 1937.

O urso com música na barriga. Porto Alegre: Globo, 1938. São Paulo: Companhia das Letrinhas, 2002.

A vida do elefante Basílio. Porto Alegre: Globo, 1939. São Paulo: Companhia das Letrinhas, 2002.

Outra vez os três porquinhos. Porto Alegre: Globo, 1939. São Paulo: Companhia das Letrinhas, 2003.

Viagem à aurora do mundo. Porto Alegre: Globo, 1939.

** No ano de 2002, a Companhia das Letrinhas deu início à reedição dos livros de Erico neste gênero.

Aventuras no mundo da higiene. Porto Alegre: Globo, 1939.

Gente e bichos. Porto Alegre: Globo, 1956.

5. Narrativas de viagem

Gato preto em campo de neve. Porto Alegre: Globo, 1941.

A volta do gato preto. Porto Alegre: Globo, 1946.

México. Porto Alegre: Globo, 1957.

Israel em abril. Porto Alegre: Globo, 1969.

6. Autobiografias

"O escritor diante do espelho". *In:* VERISSIMO, Erico. *Ficção completa.* Rio de Janeiro: José Aguilar, 1966, v. 3, pp. 13-174.

Solo de clarineta – Memórias (1º Volume). Porto Alegre: Globo, 1973.

Solo de clarineta – Memórias 2. Edição póstuma, organizada por Flávio Loureiro Chaves. Porto Alegre: Globo, 1976.

7. Ensaios

Brazilian Literature – an Outline. Nova York: Macmillan, 1945.

Rio Grande do Sul. São Paulo: Mercator/Brunner, 1973.

Breve história da literatura brasileira. Tradução de Maria da Glória Bordini. São Paulo: Globo, 1995.

8. Biografia

Um certo Henrique Bertaso. Porto Alegre: Globo, 1972.

9. Compilações

Obras de Erico Verissimo. Porto Alegre: Globo, 1956, 17 v..

Obras completas. Porto Alegre: Globo, 1961, 10 v..

Ficção completa. Rio de Janeiro: José Aguilar, 1966, 5 v..

10. Traduções

Para o alemão

Das Bildnis des Rodrigo Cambará [*Um certo capitão Rodrigo*]. Tradução de Thomas Silbitzer e Ernst Doblhofer. Viena: Neff, 1955.

Die Zeit und der Wind [*O tempo e o vento*]. Tradução de Ernst Doblhofer. Stuttgart: Europäischer Buchklub, 1956.

Nacht [Noite]. Tradução de Hans Robert Pippal. Viena: Neff, 1956.

Mexiko. Tradução de Thomas Silbitzer. Viena: Neff, 1958.

Seine Exzellenz der Botschafter [*O senhor embaixador*]. Tradução de Hans Erik Hausner. Viena: Neff, 1967.

Die Lilien auf dem Felde [*Olhai os lírios do campo*]. Tradução de Hans Erik Hausner. Viena: Neff, 1974.

Para o espanhol

Mirad los Lirios del Campo [*Olhai os lírios do campo*]. Tradução de Matilde de Elia Etchegoyen.

Buenos Aires: Club Del Libro Americano, 1940.

Mirad los Lirios del Campo. Tradução de Luzan del Campo e Antonio Ortiz Mayanas. Buenos Aires: Tupã, 1944.

Caminos Cruzados [*Caminhos cruzados*]. Tradução de Ana A. Rivas. Buenos Aires: Santiago Rueda, 1944.

Mirad los Lirios del Campo. Tradução de A. Jover Peralta e Antonio Ortiz Mayans. Buenos Aires: Tupã, 1947.

Lo Demás Es Silencio [*O resto é silêncio*]. Rosário: Rosario, 1945.

Saga. Tradução de Matilde de Elia Etchegoyen. Rosário: Rosario, 1946.

Musica a los Lejos [*Música ao longe*]. Tradução de Matilde de Elia Etchegoyen. Buenos Aires: Santiago Rueda, 1946.

El Gato Preto en la Nieve [*Gato preto em campo de neve*]. Tradução de Matilde de Elia Etchegoyen. Buenos Aires: Santiago Rueda, 1947.

Clarissa. Buenos Aires: Santiago Rueda, 1947.

Los Argonautas. [*A volta do gato preto*]. Tradução de Matilde de Elia Etchegoyen. Buenos Aires: Santiago Rueda, 1949.

Noche [*Noite*]. Tradução de Malú Cantón. Barcelona: Bruguera, 1957.

El Tiempo y el Viento [*O tempo e o vento*]. Tradução de Raul Navarro. Cidade do México: Hermes, 1953.

México. Cidade do México: Continental, 1959.

El Prisionero [*O prisioneiro*]. Tradução de Ana Maria Merlino de Piacentino. Buenos Aires: Emecé, 1971.

Incidente en Antares. Tradução de Innocencia Jobim Fernandes Barbosa e Juan García Gayo. Buenos Aires: Huemul, 1975.

El Señor Embajador [*O senhor embaixador*]. Tradução de Stella Mastrángelo. Cidade do México: Diana, 1984.

Para o finlandês

Antaresin Valtiaat [*Incidente em Antares*]. Tradução de Hilkka Mäki. Helsinque: Otava, 1980.

Para o francês

Le Temps et le Vent [*O tempo e o vento*]. Tradução de J.J. Villard. Paris: René Julliard, 1955.

L'Inconnu [*Noite*]. Tradução de Armand Guilbert. Paris: Librairie Plon, 1955.

Le Temps et le Vent. Tradução de André Rougon. Paris: Albin Michel, 1996.

Le Portrait de Rodrigo Cambará. [*O retrato*]. Tradução de André Rougon. Paris: Albin Michel, 1997.

Para o holandês

De Tijd em de Wind [*O tempo e o vento*]. Tradução de C.H.B. Wilson. Amsterdã: Uitgeverij A. J. Luitingh, sd.

Para o húngaro

A Többi Néma Csend [*O resto é silêncio*]. Tradução de Szalay Sándor. Budapeste: Európa Könyvkiadó, 1967.

Para o indonésio

Ketika Hati Harus Memilih [*Olhai os lírios do campo*]. Tradução de Alihbahasa Masri Maris. Jacarta: Gramedia, 1990.

Para o inglês

Crossroads [*Caminhos cruzados*]. Tradução de L.C. Kaplan. Nova York: Macmillan, 1943.

The Rest Is Silence [*O resto é silêncio*]. Tradução de L.C. Kaplan. Nova York: Macmillan, 1946.

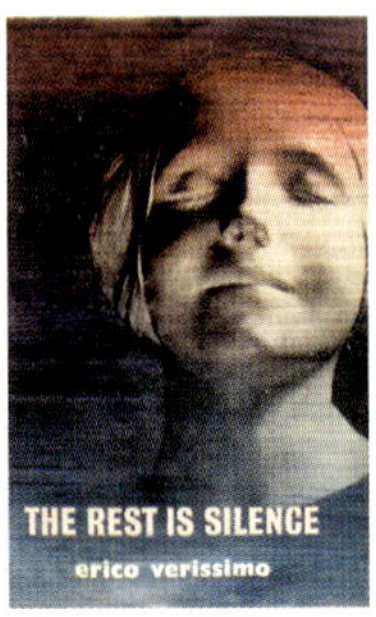

Consider the Lilies of the Field [*Olhai os lírios do campo*]. Tradução de Jean Neel Karnoff. Nova York: Macmillan, 1948.

Time and the Wind. [*O tempo e o vento*]. Tradução de L.L. Barret. Nova York: Macmillan, 1951.

Mexico. Tradução de Linton Barret. Nova York: Orion, 1960.

Night [*Noite*]. Tradução de L.L. Barret. Londres: Arco, 1956. Nova York: Macmillan, 1956.

His Excellency the Ambassador [*O senhor embaixador*]. Tradução de L.L. Barret e Marie Mac-David Barret. Nova York: Macmillan, 1967.

Para o italiano

Il Resto È Silenzio [*O resto é silêncio*]. Tradução de Ettore de Zuani. Milão: Longanesi, 1949.

Tempo Senza Volto. [*O tempo e o vento*]. Tradução de Olga Ceretti Borsini. Milão: Aldo Martello, 1953.

Messico [*México*]. Tradução de Antonio Fiorillo. Novara: Instituto Geografico de Agostini, 1964.

Para o japonês

No no Yuri wo Miyo [*Olhai os lírios do campo*]. Tradução de Naguisa Ito. Tóquio: Jiyu-sha, 1996.

Harukanaru Shirabe [*Música ao longe*]. Tradução de Naguisa Ito. Tóquio: Sairyu-sha, 1999.

Para o norueguês

Natt [*Noite*]. Tradução de Helge Hagerup. Oslo: Ernst G. Mortensens, sd.

Para o polonês

Incident w Antares [*Incidente em Antares*]. Tradução de Bozena Olesiowa. Cracóvia: Wydawnictwo, 1982.

Para o romeno

Incident la Antares [*Incidente em Antares*]. Tradução de Micaela Ghitescu. Bucareste: Univers, 1975.

Domnul Ambasador. [*O senhor embaixador*]. Tradução de Micaela Ghitescu. Bucareste: Univers, 1981.

Un anume Căpitan Rodrigo [*Um certo capitão Rodrigo*]. Tradução de Micaela Ghitescu. Bucareste: Minerva, 1993.

Ana Terra. Tradução de Micaela Ghitescu. Bucareste: Minerva, 1993.

Razboiul [*O continente I*]. Tradução de Micaela Ghitescu. Bucareste: Minerva, 1994.

Teiniaguá – Frumosa Luzia. [*O continente II*]. Tradução de Micaela Ghitescu. Bucareste: Minerva, 1994.

Roza Vânturilor [*O retrato I*]. Tradução de Micaela Ghitescu. Bucareste: Minerva, 2000.

Chantecler. [*O retrato II*]. Tradução de Micaela Ghitescu. Bucarest: Minerva, 2001.

Úmbria Îngerului [*O retrato III*]. Tradução de Micaela Ghitescu. Bucareste: Minerva, 2001.

Incident la Antares [*Incidente em Antares*]. Tradução de Micaela Ghitescu. Bucareste: Polirom, 2002.

Para o russo

[*O senhor embaixador*]. Tradução de Yuri Kalugin. Moscou: Progresso, 1969.

Para o sueco

[Excerto de *O retrato*]. *In Fran Urskog Till Megastad* (*Da mata virgem à metrópole*; trata-se de uma coletânea de textos de autores brasileiros). Tradução de Arne Lundgren. Uddevalla: Fabians Förlag, 1994.

Para o tcheco

Incident v Antaresu [*Incidente em Antares*]. Tradução de Pavla Lidmilova. Praga: Odeon, 1977.

11. Textos publicados em jornais

Poema

"O nenê nu". *Diário de Notícias.* Porto Alegre, 28.12.30.

Prosa de ficção

"A espantosa aventura do antropófago Tibicuera". *Diário de Notícias.* Porto Alegre, 04.01.31. (Trecho de *Tibicuera*, à época em preparação.)

"Malazarte". *Diário de Notícias.* Porto Alegre, 01.03.31.

"O professor dos cadáveres". *Diário de Notícias.* Porto Alegre, 08.03.31.

"Era uma vez". *Diário de Notícias.* Porto Alegre, 06.04.31.

"Como um raio de sol". *Diário de Notícias.* Porto Alegre, 17.05.31.

"Eu e os meus calungas". *Diário de Notícias.* Porto Alegre, 24.05.31.

"Arco-íris". *Diário de Notícias.* Porto Alegre, 07.06.31.

"Aquarela chinesa". *Diário de Notícias.* Porto Alegre, 21.06.31.

"O continho da meia-noite". *Diário de Notícias.* Porto Alegre, 28.06.31.

"Tibicuera viu a Iara". *Diário de Notícias.* Porto Alegre, 02.08.31. (Trecho de *Tibicuera*, em preparação.)

"Titio e as damas pan-americanas". *Correio do Povo.* Porto Alegre, 29.08.65. (Originalmente previsto para integrar *O senhor embaixador*, à época em preparação, acabou fora do romance.)

Artigos e crônicas

"Confissões de um romancista". *Correio do Povo.* Porto Alegre, I – 11.04.53; II – 18.04.53; III – 25.04.53; IV – 02.05.53; V – 09.05.53; VI – 16.05.53; VII – 23.05.53; VIII – 30. 05.53; IX – 06.06.53; X – 13.06.53.

"Torre de marfim? Torre de ferro?". *Correio do Povo.* Porto Alegre, I – 21.11.53; II – 28.11.53; III – 05.12.53; IV – 12.12.53.

"Relações humanas". *Correio do Povo,* Porto Alegre. 19.12.53.

"Cenas duma farmácia provinciana (I)". *Zero Hora.* Porto Alegre, 06.12.66.

"Cenas duma farmácia provinciana (II)". *Zero Hora.* Porto Alegre, 09.12.66.

"O boticário amador". *Zero Hora.* Porto Alegre, 13.12.66.

"Começo de carreira". *Zero Hora.* Porto Alegre, 15.12.66.

"Confidências dum romancista". *Zero Hora.* Porto Alegre, 22.12.66.

"Infância". *Zero Hora.* Porto Alegre, 05.01.67.

"Sol e mel". *Zero Hora.* Porto Alegre, 05.01.67.

"O sargento e eu". *Zero Hora.* Porto Alegre, 24.01.67.

"Mocidade". *Zero Hora.* Porto Alegre, 26.01.67.

"No tempo dos lírios". *Zero Hora.* Porto Alegre, 31.01.67.

"Recordações do mausoléu de mármore". *Zero Hora.* Porto Alegre, 09.02.67.

"Lembranças do mausoléu de mármore (2)". *Zero Hora.* Porto Alegre, 16.02.67.

"Primeiras páginas duma autobiografia". *Zero Hora.* Porto Alegre, 16.02.67.

"Álbum de família". *Zero Hora.* Porto Alegre, 21.02.67.

"Meus primeiros livros". *Zero Hora.* Porto Alegre, 07.03.67.

"Viagens do gato preto". *Zero Hora.* Porto Alegre, 06.04.67.

"Breve crônica duma editora de província". *O Estado de S. Paulo*, 02.04.72.

"O tempo e o vento". *Zero Hora.* Porto Alegre, 28.04.67.

"O homem por trás do mito". *Jornal do Brasil.* Rio de Janeiro, 25.08.74.

"O *Correio do Povo* e eu". *Correio do Povo.* Porto Alegre: 01.10.75.

"Machismo: um inédito de Erico Verissimo". *Folha de S.Paulo*, 17.12.76.

12. Em revistas

Contos

"Chico: um conto de Natal". *Cruz Alta em Revista.* Cruz Alta, dezembro de 1929.

"Ladrão de gado". *Revista do Globo.* Porto Alegre, n. 6, 1929.

"Alô! Gângster!". *Revista do Globo.* Porto Alegre, 30.07.38.

"Lama das trincheiras". *Revista do Globo.* Porto Alegre, 30.07.39. (Editado com a seguinte nota da redação: "Este conto apareceu, pela primeira vez, há cerca de oito anos assinado por Gilbert Sorrow e foi traduzido e publicado em diversas revistas estrangeiras. Publicamo-lo agora, com o nome de seu verdadeiro autor, dada a atualidade do seu tema.")

"A casa do anjo triste". *Desfile.* São Paulo, março de 1973.

Artigos e crônicas

"Reflexões sobre o romanceiro". *Revista do Globo.* Porto Alegre, 11.09.37.

"O romance de um romance". *Revista Lanterna Verde.* Porto Alegre, julho de 1944.

"Sol, mar e samba". *Província de São Pedro.* Porto Alegre, n. 2, 1945.

"Entre Deus e o Pobre Diabo". *Província de São Pedro.* Porto Alegre, n. 4, 1946.

"Viagem a Arizona". *Província de São Pedro.* Porto Alegre, n. 7, 1946.

"Língua e caráter". *Província de São Pedro.* Porto Alegre, n. 10, 1947.

"Acendamos nossos tocos de velas". *Anhembi.* São Paulo, junho de 1959.

"Minhas lembranças de Aldous Huxley". *Revista do Globo.* Porto Alegre, n. 862, dezembro de 1963.

"Um escritor diante do espelho". *Realidade.* São Paulo, novembro de 1966.

"Autocrítica de Erico Verissimo". *Manchete.* Rio de Janeiro, 03.12.66.

"Os caminhos cruzados de Porto Alegre". *Manchete.* Rio de Janeiro, 01.04.67.

"Quando eu era bancário". *Informativo Bamerindus.* Curitiba, fevereiro de 1975.

"Em primeira mão, um Erico quase esquecido" (*por* Geraldo Galvão Ferraz). *Playboy.* São Paulo, agosto de 1987.

13. Trabalhos como tradutor de ficção

Romances

O sineiro (The Ringer), de Edgar Wallace. Porto Alegre: Globo, 1931.

O círculo vermelho (The Crimson Circle), de Edgar Wallace. Porto Alegre: Globo, 1931.

A porta das sete chaves (The

Door with Seven Locks), de Edgar Wallace. Porto Alegre: Globo, 1931.

Classe 1902 (Jahrgang 1902), de Ernst Glaeser. Porto Alegre: Globo, 1933.

Contraponto (Point Counter Point), de Aldous Huxley. Porto Alegre: Globo, 1934.

E agora, seu moço?(Kleiner Mann, Was nun?), de Hans Fallada. Porto Alegre: Globo, 1937.

Não estamos sós (We Are Not Alone), de James Hilton. Porto Alegre: Globo, 1940.

Adeus mr. Chips (Goodbye Mr. Chips), de James Hilton. Porto Alegre: Globo, 1940.

Ratos e homens (Of Mice and Men), de John Steinbeck. Porto Alegre: Globo, 1940.

O retrato de Jennie (Portrait of Jennie), de Robert Nathan. Porto Alegre: Globo, 1942.

Mas não se mata cavalo? (They Shoot Horses, Don't They?), de Horace McCoy. Porto Alegre: Globo, 1947.

Maquiavel e a dama (Then and Now), de Somerset Maugham. Porto Alegre: Globo, 1948.

A pista do alfinete novo (The Clue of the New Pin), de Edgar Wallace. Porto Alegre: Globo, 1956.

Contos

"Psicologia" ("Psychology"), de Katherine Mansfield. *Revista do Globo*. Porto Alegre, 22.04.39.

Felicidade (Bliss), de Katherine Mansfield. Porto Alegre: Globo, 1940. (Volume de histórias.)

"O meu primeiro baile" ("Her First Ball"), de Katherine Mansfield. *Revista do Globo*. Porto Alegre, 13.01.40.

FORTUNA CRÍTICA

1. Dissertações e teses

ANGELONI, Celita Irene Campos. *Rodrigo Terra Cambará: um herói muito problemático e suas meditações* (mestrado em Literatura Brasileira). Florianópolis, Universidade Federal de Santa Catarina, 1981.

CRUZ, Cláudio Celso Alano da. *A cidade moderna no romance sul-riograndense* (mestrado em Letras). Porto Alegre, Pontifícia Universidade Católica do Rio Grande do Sul, 1992.

FLORES DA CUNHA. Patricia Lessa. *Erico Verissimo e Aldous Huxley: um caso de literatura comparada* (mestrado em Literatura da Língua Portuguesa). Porto Alegre, Universidade Federal do Rio Grande do Sul, 1984.

FONSECA, Suzana Job Borges da. *Floriano Cambará: personagem de* O tempo e o vento (mestrado em Literatura da Língua Portuguesa). Porto Alegre, Universidade Federal do Rio Grande do Sul, 1985.

FURLAN, Oswaldo Antônio. *Estética e crítica social em* Incidente em Antares (mestrado em Letras). Florianópolis, Universidade Federal de Santa Catarina, 1977.

LIMA E SILVA, Márcia Ivana de. *A polifonia em* O senhor embaixador (mestrado em Teoria da Literatura). Porto Alegre, Pontifícia Universidade Católica do Rio Grande do Sul, 1991.

LUFT, Lya. Clarissa: *diacronia de um estilo* (mestrado em Literatura Brasileira). Porto Alegre, Pontifícia Univesidade Católica do Rio Grande do Sul, 1975.

MACIEL, Carlos Alberto Antunes. *Estudo estatístico do vocabulário da obra de Erico Verissimo* (doutorado em Lingüística Computacional). Estrasburgo, Université des Sciences Humaines de Strasbourg, 1983.

OLLIVIER JR., Luis L. *Sincronia, amálgama e comunhão:* O tempo e o vento *de Erico Verissimo como um complexo simbólico* (doutorado em Filosofia). Albuquerque, New Mexico University, 1973.

PEREYRON, Maria Cristina de Macedo. *A mulher em* O tempo e o vento (mestrado em Literatura da Língua Portuguesa). Porto Alegre, Universidade Federal do Rio Grande do Sul, 1981.

PRADE, Helga. O continente *de Erico Verissimo: uma análise contrastiva entre a língua portuguesa, alemã e inglesa* (doutorado). Salzburgo, Universität Salzburg, 1979.

PRADO, Maria Dinorah Luz do. *A literatura infantil de Erico Verissimo* (mestrado em Literatura da Língua Portuguesa). Porto Alegre, Universidade Federal do Rio Grande do Sul, 1978.

RUSSO, David T. *Duas faces de vida de Erico Verissimo* (doutorado em Filosofia). Michigan, St. Louis University, 1968.

SALTHIER, Ademar Agostinho. *Liberdade e compromisso –* O tempo e o vento *de Erico Verissimo: uma interpretação filosófica* (doutorado em Filosofia). Roma, Pontifícia Universidade Gregoriana, 1988.

VESSELS, Gary Michael. Caminhos cruzados *de Erico Verissimo: Aspectos do romance de idéias* (doutorado em Línguas e Literaturas Hispânicas). Santa Barbara, University of California, 1989.

2. Livros

ALMEIDA, Lélia. *A sombra e a chama (As mulheres d'*O tempo e o vento*).* Santa Cruz do Sul (RS)/Porto Alegre: Editora da Universidade de Santa Cruz do Sul/Editora da Universidade Federal do Rio Grande do Sul, 1996.

BORDINI, Maria da Glória (org.). *Erico Verissimo – O escritor no tempo (1905-1990).* Porto Alegre: Sulina, 1990.

BORDINI, Maria da Glória. *Criação literária em Erico Verissimo*. Porto Alegre: L&PM Editores, 1995.

CHAVES, Flávio Loureiro (org.). *O contador de histórias: 40 anos de vida literária de Erico Verissimo*. Porto Alegre: Globo, 1972.

CHAVES, Flávio Loureiro. *Erico Verissimo: realismo e sociedade*. Porto Alegre: Globo/Instituto Estadual do Livro, 1976.

CHAVES, Flávio Loureiro. *Erico Verissimo – O escritor e seu tempo*. Porto Alegre: Editora da Universidade Federal do Rio Grande do Sul, 2001.

FILIPOUSKI, Ana Mariza; ZILBERMAN, Regina. *Erico Verissimo e a literatura infantil.* Porto Alegre: Editora da Universidade Federal do Rio Grande do Sul/Instituto Estadual do Livro, 1978.

FRESNOT, Daniel. *O pensamento político de Erico Verissimo*. Rio de Janeiro: Graal, 1977.

GONÇALVES, Robson Pereira (org.). *O tempo e o vento: 50 anos*. Santa Maria (RS)/Bauru (SP): Editora da Universidade Federal de Santa Maria/Editora da Universidade do Sagrado Coração, 2000.

PESAVENTO, Sandra Jatahy; LEENHARDT, Jacques; CHIAPPINI, Ligia; AGUIAR, Flávio (org.). *Erico Verissimo: o romance da história.* São Paulo: Nova Alexandria, 2001.

POMPERMAYER, Malory J. *Erico Verissimo e o problema de Deus.* São Paulo: Loyola, 1968,

SILVEIRA, Paulo de Castro. *O humanismo na obra de Erico Verissimo.* Maceió: Cores, sd.

TORRESINI, Elizabeth Rochadel. *História de um sucesso literário*: Olhai os lírios do campo *– Erico Verissimo.* Porto Alegre, Literalis, 2003.

YOUNG, Theodore Robert. *O questionamento da história em* O tempo e o vento *de Erico Verissimo.* Lageado (RS): Fates, 1997.

3. Estudos, referências e verbetes incluídos em livros

ANDRADE, Mário de. *"Saga". In O empalhador de passarinho.* 3. ed., São Paulo: Martins,1972, pp. 249-255.

ATHAYDE, Tristão de. "Erico Verissimo". *In Quem é quem nas artes e nas letras do Brasil.* Rio de Janeiro: Ministério das Relações Exteriores, 1966, pp. 347-348.

BORDINI, Maria da Glória. "O romance inconformado de Erico Verissimo". *In:* ZILLES, Urbano (org.). *Gratidão de ser. Homenagem ao Irmão Elvo Clemente.* Porto Alegre: Editora da Pontifícia Universidade Católica do Rio Grande do Sul, 1994, pp. 85-90.

BORDINI, Maria da Glória. "Eça de Queirós e Erico Verissimo: a citação como intertexto. Realismo e resistência em *Os Maias* e *O tempo e o vento*". *In:* ZILBERMAN, Regina et al. *Eça e outros. Diálogos com a ficção de Eça de Queirós.* Porto Alegre: Editora da Pontifícia Universidade Católica do Rio Grande do Sul, 2002, pp. 73-90.

BOSI, Alfredo. *História concisa da literatura brasileira.* São Paulo: Cultrix, 1970, pp. 457-460.

CANDIDO, Antonio. "Romance popular". *In Brigada ligeira.* São Paulo: Martins, 1945, pp. 71-82.

CANDIDO, Antonio. "Agora é com a literatura". *In:* PESAVENTO, Sandra Jatahy; LEENHARDT, Jacques; CHIAPPINI, Ligia: AGUIAR, Flávio (orgs.). *Erico Verissimo: o romance da história.* São Paulo: Nova Alexandria, 2001, pp. 19-22.

CARPEAUX, Otto Maria. *Pequena bibliografia crítica da literatura brasileira.* 3. ed., Rio de Janeiro: Letras e Artes, 1964, p. 324.

CASTELO, José Aderaldo; CANDIDO, Antonio. *Presença da literatura brasileira.* 3. ed., São Paulo: Difusão Européia do Livro, 1968, v. III, pp. 316-325.

CÉSAR, Guilhermino. "Vida literária". *In*: CÉSAR, Guilhermino (org.). *Rio Grande do Sul, terra e povo.* 2. ed., Porto Alegre: Globo, 1969, pp. 250-252.

CHAVES, Flávio Loureiro. "A crônica da decadência". *In:* VERISSIMO, Erico. *Música ao longe.* 3. ed., Porto Alegre: Globo, 1973, pp. 13-19.

CHAVES, Flávio Loureiro. "Releitura de Clarissa". *In* VERISSIMO, Erico. *Clarissa.* 4. ed., Porto Alegre: Globo, 1973, pp.11-17.

CHAVES, Flávio Loureiro. "O realismo da vida presente". *In:* VERISSIMO, Erico. *Um lugar ao sol.* 3. ed., Porto Alegre: Globo, 1973, pp. 11-17.

CHAVES, Flávio Loureiro. "A narrativa da solidão". *In:* VERISSIMO, Erico. *Noite.* 3. ed., Porto Alegre: Globo, 1975, pp. 11-19.

CHAVES, Flávio Loureiro. "O romance de Tônio Santiago". *In:* VERISSIMO, Erico. *O resto é silêncio.* Porto Alegre: Globo, 1974, pp. 15-23.

COUTINHO, Afrânio. "Nota editorial". *In:* VERISSIMO, Erico. *Ficção completa.* Rio de Janeiro: José Aguilar, 1966, v. I, pp. 11-12.

FILHO, Adonias. *Modernos ficcionistas brasileiros.* Rio de Janeiro: Tempo Brasileiro, 1965, pp. 25-32.

FILHO, Adonias. *O romance brasileiro de 30.* Rio de Janeiro: Bloch, 1969, pp. 147-155.

FUSCO, Rosário. "Entre o romantismo e o naturalismo". *In: Vida literária.* São Paulo: Panorama, 1940, pp. 118-124.

GRIECO, Agripino. "De Rachel de Queiroz a Moacir Andrade". *In Gente nova no Brasil.* Rio de Janeiro: José Olympio, 1948, p. 50.

LINS, Álvaro. "Sagas de Porto Alegre". *In Os mortos de sobrecasaca.* Rio de Janeiro: Civilização Brasileira, 1963, pp. 220-229.

LOPES, Paulo; TOSCANO, Regina Maria. "Censo das personagens de *O tempo e o vento*". *In:* VERISSIMO, Erico. *Ficção completa.* Rio de Janeiro: José Aguilar, 1966, v. 5, pp. 749-783.

MARTINS, Wilson. *O Modernismo.* São Paulo: Cultrix, 1965, pp. 292-296.

MILLIET, Sérgio. *Diário crítico.* São Paulo: Martins, 1953, v. 7, pp. 156-157.

MILLIET, Sérgio. *Diário crítico.* São Paulo: Martins, 1955, v. 8, pp. 132-134.

MOISÉS, Massaud. *A literatura brasileira através dos textos.* São Paulo: Cultrix, 1971, p. 486.

MONTEIRO, Adolfo Casais. *O romance: teoria e crítica.* Rio de Janeiro: José Olympio, 1964, pp. 70-71, 155, 157.

MONTENEGRO, Olívio. "Erico Verissimo". *In O romance brasileiro.* 2. ed., Rio de Janeiro: José Olympio, 1953, pp. 265-272.

MURICY, Andrade. *A nova literatura brasileira.* Porto Alegre: Globo, 1936, pp. 256-266.

OLINTO, Antônio. "A história em estado de pureza". *In:* VERISSIMO, Erico. *Ficção completa.* Rio de Janeiro: José Aguilar, 1966, v. 1, pp. 13-20.

ORNELLAS, Manoelito de. "Erico Verissimo". *In Vozes de Ariel.* Porto Alegre: Globo, 1939, pp. 15-40.

PÓLVORA, Hélio. *A força da ficção.* Rio de Janeiro: Vozes, 1971, p. 71.

QUADROS, Antonio. "Os dois romances paralelos de Erico Verissimo". *In Modernos de ontem e hoje.* Lisboa: Portugália, 1947, pp. 209-215.

RÓNAI, Paulo. *Encontros com o Brasil.* Rio de Janeiro: Serviço de Documentação do Ministério da Educação e Cultura, 1958, pp. 111-117.

SIMÕES, João Gaspar. "Erico Verissimo – *Olhai os lírios do campo*". *In Crítica I – A prosa e o romance contemporâneo.* Porto: Livraria Latina, 1942, pp. 380-392.

SOARES, Mozart Pereira. "A mulher na obra de Erico Verissimo". *In:* VERISSIMO, Erico. *Caminhos cruzados.* 4. ed., Porto Alegre: Globo, 1973, pp. IX-XXX.

VELLINHO, Moysés. "Erico Verissimo romancista". *In Letras da província.* 2. ed., Porto Alegre: Globo, 1960, pp. 81-101.

VILLAS-BÔAS, Pedro Leite. *Notas de bibliografia sul-riograndense.* Porto Alegre: A Nação/Instituto Estadual do Livro, 1974, pp. 536-538.

4. Catálogo

CHAVES, Flávio Loureiro; HOHLFELDT, Antonio. *Exposição Erico Verissimo.* Porto Alegre: Museu Hipólito José da Costa, 1976.

5. Artigos em jornais

ABREU, Maria. "Erico Verissimo e *O prisioneiro*". *Correio do Povo.* Porto Alegre, 24.02.68.

AFONSO, Wilson. "A parapsicologia no universo de Erico". *Folha da Tarde.* Porto Alegre, 15.12.79.

AGUIAR, Flávio. "O escritor liberto". *Movimento.* São Paulo, 08.12.75.

ALCÂNTARA, Álvaro. "Dez opiniões sobre Erico Verissimo". *Folha de S.Paulo*, 19.06.58.

ALFONSIN, José. "Erico Verissimo". *Correio do Povo.* Porto Alegre, 02.12.75.

AMADO, Jorge. "Erico Verissimo, escritor popular". *Jornal do Brasil.* Rio de Janeiro, 06.12.75.

AMARAL, Maria Lúcia. "Erico Verissimo: um solo (afinado) de clarineta". *Diário de Notícias.* Rio de Janeiro, 28.12.73.

AMERMAN, Lockhardt. "A liberdade será sempre a minha

causa". *The Pittsburgh Press.* Pittsburgh, 02.02.56.

ANDRADE, Carlos Drummond de. "A falta de Erico". *Correio do Povo.* Porto Alegre, 13.12.75.

ANGIOLILLO, Francesca. "Volume traz voz e traço de Verissimo". *Folha de S.Paulo,* 21.04.99.

ANGIOLILLO, Francesca. "*O tempo e o vento* ganha análise aos 50". *Folha de S.Paulo,* 14.12.99.

ANGIOLILLO, Francesca. "Histórias de gente e bichos". *Folha de S.Paulo,* 21.12.02.

APPEL, Carlos Jorge. "*O arquipélago*". *Correio do Povo.* Porto Alegre, 04.04.65.

APPEL, Carlos Jorge. "*O senhor embaixador*". *Correio do Povo.* Porto Alegre, 17.10.65.

ARAGÃO, J. Guilherme de. "Prelúdio a um solo de clarineta". *O século.* Lisboa, 25.02.74.

ATHAYDE, Tristão de. "O antimachismo". *Jornal do Brasil.* Rio de Janeiro, 10.02.72.

BARBOSA, Rolmes. "A volta do gato de sete fôlegos". *O Estado de S. Paulo,* 02.03.68.

BARBOSA, Rolmes. "Os poliedros de Erico Verissimo". *O Estado de S. Paulo,* 03.02.72.

BARBUGLIO, José Carlos. "A denúncia da barbárie". *Movimento.* São Paulo, 08.12.75.

BARCELOS, Ramiro Frota. "As confissões de Erico". *Correio do Povo.* Porto Alegre, 08.02.74.

BARROS, André Luiz. "O panfletário irreverente". *Jornal do Brasil.* 02.06.96.

BERG, Evelyn. "Erico, um enamorado da vida". *Correio do Povo.* Porto Alegre, 29.06.69.

BERG, Evelyn. "Cadeira dura". *Correio do Povo.* Porto Alegre, 28.02.74.

BERNARDES, Lourdes. "O intelectual do ano". *Jornal de Letras.* Rio de Janeiro, fevereiro-março de 1968.

BERTHOLDO, Oscar. "Olhai os lírios do Erico". *Correio do Povo.* Porto Alegre, 13.12.75.

BEZERRA, José Clímaco. "Outro estudo sobre *Noite* de Erico Verissimo". *O Jornal.* Rio de Janeiro, 15.05.55.

BIER, Erica. "A ponte". *Folha da Tarde.* Porto Alegre, 15.12.79.

BORBA FILHO, Hermilo. "Boa sorte, Erico!". *Diário de Pernambuco.* Recife, 11.11.74.

BORBA FILHO, Hermilo. "Gaúcho de cavalo na cabeça galopando contra a injustiça". *Zero Hora.* Porto Alegre, 17.12.75.

BORDINI, Maria da Glória. "*Incidente em Antares*: a falência do maravilhoso". *Correio do Povo.* Porto Alegre, 13.09.74.

BORDINI, Maria da Glória. "Erico Verissimo e sua editora". *Correio do Povo.* Porto Alegre, 13.12.75.

BORGES, Armando Coelho. "A casa cheia de Erico Verissimo". *Zero Hora.* Porto Alegre, 01.12.75.

BORGES, Sônia Vergara. "Meu grito". *Correio do Povo.* Porto Alegre, 13.12.75.

BOSI, Alfredo. "Uma luta em duas frentes". *Movimento.* São Paulo, 08.12.75.

BRANDALISE, Ivete. "Erico Verissimo". *Folha da Tarde.* Porto Alegre, 01.12.75.

BRUNO, Haroldo. "Versatilidade de um romancista". *O Jornal.* Rio de Janeiro, 17.07.55.

BUENO, Wilson. "Apenas um escritor". *Tribuna de Imprensa.* Rio de Janeiro, 10.12.75.

CALLADO, Antonio. "Retribution for a memory lost". *The New York Times Book Review.* Nova York, 26.02.56.

CAMARGO, Cassia Corintha Pinto. "Rodrigo e Filhinho: apogeu e crise do mito gaúcho". *Correio do Povo.* Porto Alegre, 21.06.79.

CAMPOS, Paulo Mendes. "De repente, um amigo". *Correio do Povo.* Porto Alegre, 13.12.75.

CAMPUOCO, Antônio de. "Cruz Alta: a revisitação de Erico". *Correio do Povo.* Porto Alegre, 21.11.71.

CANDIDO, Antonio. "O quieto combate". *Movimento.* São Paulo, 08.12.75.

CANTER, Rita. "*Israel em abril*". *Correio do Povo.* Porto Alegre, 26.11.70.

CARO, Herbert. "Balcão de livraria". *Correio do Povo.* Porto Alegre, 10.12.55.

CARO, Herbert. "Erico e os discos". *Correio do Povo.* Porto Alegre, 13.12.75.

CARPEAUX, Otto Maria. "Erico Verissimo e a técnica novelística". *A Manhã.* Rio de Janeiro, 05.04.53.

CARVALHAL, Tania Franco. "A difícil viagem ao encontro de si mesmo". *Correio do Povo.* Porto Alegre, 27.12.75.

CÉSAR, Amândio. "Memórias de Erico Verissimo em *Solo de clarineta*". *Época.* Lisboa, 05.02.74.

CÉSAR, Guilhermino. "Da arte de narrar". *O Estado de S. Paulo,* 12.03.60.

CÉSAR, Guilhermino. "Variações sobre o romance". *Correio do Povo.* Porto Alegre, 28.08.71.

CÉSAR, Guilhermino. "Memórias de um romancista". *Correio do Povo.* Porto Alegre, 09.03.74.

CÉSAR, Guilhermino. "A morte de um criador de vidas". *Correio do Povo.* Porto Alegre, 13.12.75.

CÉSAR, Guilhermino. "Os primeiros passos do romancista". *Correio do Povo.* Porto Alegre, 20.12.75

CÉSAR, Guilhermino. "O romancista e a incorporação do terrunho". *Correio do Povo.* Porto Alegre, 27.12.75.

CÉSAR, Guilhermino. "Do condicionamento épico ao drama social". *Correio do Povo.* Porto Alegre, 03.01.76.

CÉSAR, Guilhermino. "Erico Verissimo e a historicidade". *Correio do Povo.* Porto Alegre, 10.01.76.

CÉSAR, Guilhermino. "Erico Verissimo e o espelho burguês". *Correio do Povo.* Porto Alegre, 17.01.76.

CÉSAR, Guilhermino. "Confissão translata e confissão direta". *Correio do Povo.* Porto Alegre, 24.01.76.

CHAVES, Flávio Loureiro. "Erico Verissimo/Primeiros romances/Releitura". *Jornal do Brasil.* Rio de Janeiro, 20.07.74.

CHAVES, Flávio Loureiro. "O realismo social de Erico Verissimo". *Correio do Povo.* Porto Alegre, 26.10 e 02.11.74.

CHAVES, Flávio Loureiro. "As raízes de *O tempo e o vento*". *Jornal do Brasil.* Rio de Janeiro, 06.12.75.

CHAVES, Flávio Loureiro. "Breve roteiro do contador de histórias". *Zero Hora.* Porto Alegre, 17.12.75.

CHAVES, Flávio Loureiro. "Erico Verissimo, narrador e personagem". *Correio do Povo.* Porto Alegre, 20.12.75.

CHAVES, Flávio Loureiro. "Erico Verissimo e o humanismo". *Correio do Povo.* Porto Alegre, 27.12.75.

CORREA, Nereu. "*O senhor embaixador*: uma abertura para o romance ecumênico". *Correio do Povo.* Porto Alegre, 27.07.68.

CORREA, Nereu. "As memórias inacabadas do Erico". *Correio do Povo.* Porto Alegre, 03.01.76.

COSTA, Flávio Moreira da. "O último encontro". *Correio do Povo.* Porto Alegre, 13.12.85.

COSTA, FILHO, Odylo. "Ode ao septenário". *Jornal do Brasil.* Rio de Janeiro, 06.12.75.

COURI, Norma. "A noite em que Erico Verissimo voltou". *Jornal do Brasil.* Rio de Janeiro, 17.12.75.

DACANAL, José Hildebrando. "*O tempo e o vento*: notas para uma interpretação sociológica". *Correio do Povo.* Porto Alegre, 03.01.76.

D'ALMEIDA, Vitor. "Erico Verissimo vacilando entre o mar, o trabalho e o fascínio de Copacabana". A *Manhã.* Rio de Janeiro, 14.09.52.

D'ALMEIDA, Vitor. "Erico escreve agora romance político: EUA e América Latina". *Folha da Tarde.* Porto Alegre, 28.03.63.

D'ALMEIDA, Vitor. "Erico Verissimo após três anos lança *O senhor embaixador*". *Última Hora.* São Paulo, 29.05.65.

D'ALMEIDA, Vitor. "As armas dum bom romancista". *Jornal do Brasil.* Rio de Janeiro, 27.06.65.

D'ALMEIDA, Vitor. "O dono da república". *Jornal do Brasil.* Rio de Janeiro, 04.08.65.

D'ALMEIDA, Vitor. "Erico Verissimo chega aos sessenta anos encantado com o mundo". *O Globo.* Rio de Janeiro, 11.08.65.

D'ALMEIDA, Vitor. "Notas sugeridas por um solo de clarineta". *Diário de Brasília,* 24.08.75.

DANIEL, Mary Lou. "Erico Verissimo: microcosmo e macrocosmo". *O Minas Gerais.* Belo Horizonte, 15.04.78.

DIMAS FILHO, Nelson. "*O senhor embaixador* é obra antitotalitária". *Jornal do Comércio.* Rio de Janeiro, 05.06.65.

DINORAH, Maria. "Erico, retrato de um escritor". *Correio do Povo.* Porto Alegre, 07.06.70.

DINORAH, Maria. "A obra infantil de Erico Verissimo". *Correio do Povo.* Porto Alegre, 03.01.76.

DUARTE, Paulo. "Ficou de uma insipidez exasperante...". *Correio do Povo.* Porto Alegre, 13.12.75.

ELLMERICH, Luis. "Erico Verissimo e a música". *Diário de S.Paulo,* 11.06.65.

ENGLE, Paul. "One man's dreadful night; clever novel of loss mind". *Chicago Tribune.* Chicago, 19.02.56.

FAGUNDES, Darcy. "Erico Verissimo". *Shopping News.* São Paulo, 13.01.74.

FAGUNDES, Mario Calvet. "Erico e *O senhor embaixador*". *Correio do Povo.* Porto Alegre, 07.09.65.

FAGUNDES, Mario Calvet. "E eu bebia o vinho da vida..." *Correio do Povo.* Porto Alegre, 27.04.74.

FARIA, Álvaro Alves de. "Erico Verissimo, o encantamento para sempre". *Diário de S.Paulo,* 30.11.75.

FRANCO, Sérgio da Costa. "Erico e o caudilhismo". *Correio do Povo.* Porto Alegre, 13.12.75.

FREYRE, Gilberto. "Um romance". *Diário Carioca.* Rio de Janeiro, 03.09.50.

GALDINO. José Antônio. "Erico Verissimo". *Correio d'Oeste.* Ribeirão Bonito (SP), 18.01.76.

GAMA E MELO, Virginius da. "Ingenuidade criadora em Erico Verissimo". *Diário de Notícias.* Rio de Janeiro, 06.03.60.

GARCIA, Luiz. "*Solo de clarineta* – O escritor diante do espelho". *O Globo.* Rio de Janeiro, 02.05.76.

GARDELIN, Mário. "Morre pela segunda vez o Rio Grande heróico". *Pioneiro.* Caxias do Sul (RS), 03.12.75.

GASTAL, Ney. "Num solo de clarineta a vida de um escritor". *Correio do Povo.* Porto Alegre, 26.08.73.

GASTAL, Ney. "Erico, de criador a personagem". *Correio do Povo.* Porto Alegre, 28.10.73.

GASTAL, Ney. "Erico Verissimo". *Correio do Povo.* Porto Alegre, 17.12.75.

GENRO, Tarso Fernando. "Erico: notícia ideológica". *Correio do Povo.* Porto Alegre, 03.01.76.

GOMES, Danilo. "Macondo, Comala e Antares: cidades surreais". *O Minas Gerais.* Belo Horizonte, 10.07.76.

GOMES, Duílio. "Erico Verissimo 40 anos depois". *O Minas Gerais.* Belo Horizonte, 14.04.73.

GOMES, Roberto Fontes. "Uma

perda irreparável". *A Gazeta.* São Paulo, 03.12.75.

GONZAGA, Sergius. "Tônio Santiago e o humanismo liberal". *Correio do Povo.* Porto Alegre, 27.12.75.

GORGA FILHO, Remy. "Erico, a admiração mais que merecida". *Jornal do Brasil.* Rio de Janeiro, 28.02.73.

GOUVÊA, Paulo de. "Uma geração está morrendo". *Correio do Povo.* Porto Alegre, 13.12.75.

GOUVÊA, Paulo de. "Vamos ouvir o Erico falar". *Correio do Povo.* Porto Alegre, 03.01.76.

GOUVÊA, Paulo de. "Pedro Wayne, Erico e os lírios". *Correio do Povo.* Porto Alegre, 26.04.80.

GOUVÊA, Sérgio de. "O senhor Erico Verissimo e o seu primeiro livro". *Correio do Povo.* Porto Alegre, maio de 1932.

GRINGS, Antônio Guilherme. "*Solo de clarineta*". *Correio do Povo.* Porto Alegre, 21.05.76.

GUERRA, José Augusto. "Erico, repórter em Israel". *Correio do Povo.* Porto Alegre, 04.07.70.

GUERRA, José Augusto. "Do permanente e do incidental". *O Estado de S. Paulo*, 11.03.73.

GUIMARÃES, Josué. "Álvaro Lins, Erico Verissimo e Portugal". *Diário de Lisboa,* 14.03.75.

GUIMARÃES, Josué. "Erico, agora é mais fácil estarmos os dois juntos". *Correio do Povo.* Porto Alegre, 13.12.75.

GUIMARÃES, Josué. "Uma saudade que vai morrer comigo". *Zero Hora.* Porto Alegre, 17.12.75.

GUIMARÃES, Josué. "Retornar ao nosso último bate-papo". *Zero Hora.* Porto Alegre, 28.11.79.

HECKER FILHO, Paulo. "O romance justificado". *O Estado de S. Paulo*, 21.09.68.

HECKER FILHO, Paulo. "Um artista: *Solo de clarineta* define um estilo". *O Estado de S. Paulo*, 21.01 74.

HECKER FILHO, Paulo. "Quem o lia estava atualizado". *Zero Hora.* Porto Alegre, 28.11.79.

HELENA, Lúcia. "O herói problemático de Erico". *Jornal do Brasil.* Rio de Janeiro, 5.12.76

HOHLFELDT, Antonio. "As histórias de Erico já foram até a Rússia". *Correio do Povo.* Porto Alegre, 20.01.70.

HOHLFELDT, Antonio. "Elegias: Duíno e Erico". *Correio do Povo.* Porto Alegre, 20.01.73.

HOHLFELDT, Antonio. "Relendo *Clarissa*". *Correio do Povo.* Porto Alegre, 20.12.75.

HOHLFELDT, Antonio. "Erico segundo Flávio". *Correio do Povo.* Porto Alegre, 21.05.77.

HOHLFELDT, Antonio. "A revisão da coerência de um escritor". *Correio das Artes.* João Pessoa, 11.06.78.

HOLANDA, Sérgio Buarque de. "*O tempo e o vento*". *Diário Carioca.* Rio de Janeiro, 02.07.50.

HOLANDA, Sérgio Buarque de. "*O tempo e o vento – II*". *Diário Carioca.* Rio de Janeiro, 10.02.52.

JACQUES, Eunice. "Um homem simples na paisagem de sua eterna inspiração". *Jornal do Brasil.* Rio de Janeiro, 26.12.72.

JACQUES, Eunice. "O último acorde de Erico Verissimo". *Jornal do Brasil.* Rio de Janeiro, 20.04.76.

JAMBO, Arnoldo. "O acontecido em Antares". *Diário de Pernambuco.* Recife, 13.01.72.

JOCKYMAN, Vinicius. "Concerto grosso com solo de clarineta". *Correio do Povo.* Porto Alegre, 26.01.74.

JOCKYMAN, Vinicius. "Piccolo finale com solo de clarineta". *Correio do Porto.* Porto Alegre, 01.05.76.

JUNKES, Lauro. "Estética e crítica social em *Incidente em Antares*". *Correio do Povo.* Porto Alegre, 11.02.78.

JUREMA, Aderbal. "O novo romance de Erico Verissimo". *Diário de Notícias.* Rio de Janeiro, 17.02.52.

KURBAN, Raif. "Erico Verissimo e as charadas". *O Estado de S. Paulo*, 23.05.76.

LACERDA, Carlos. "Os fantasmas de Erico Verissimo". *Jornal do Brasil.* Rio de Janeiro, 27.11. 71.

LACERDA, Carlos. "Até qualquer dia". *Zero Hora.* Porto Alegre, 17.12.75.

LIMA, Mário de Almeida. "A literatura e a liberdade". *O Estado de S. Paulo*, 30.11.75.

LITRENTO, Oliveiros. "Erico Verissimo". *Jornal do Comércio.* Rio de Janeiro, 04.12.75.

LOUZADA, Wilson. "Personagens de um romancista". *Diário de Notícias*, Rio de Janeiro, 19.06.46.

LUFT, Lya. "Primavera judaica". *Correio do Povo.* Porto Alegre, 31.01.70.

LUFT, Lya. "Erico Verissimo e o manejo consciente de língua". *Correio do Povo.* Porto Alegre, 12.06.76.

LUFT, Lya. "A Joana de Erico". *Correio do Povo.* Porto Alegre, 29.10.76.

LUFT, Lya. "Erico, presença amiga". *Folha da Tarde.* Porto Alegre, 27.11.76.

LUFT, Lya. "Os sensuais habitantes do *Continente*". *Folha da Tarde.* Porto Alegre, 25.03.78.

LUFT, Lya. "O antimachista". *Folha da Tarde.* Porto Alegre, 15.12.79.

LUFT, Lya. "Gauchismo". *Correio do Povo.* Porto Alegre, 23.01.80.

LUNA, Luiz. "São Erico do Guaíba". *Jornal do Comércio.* Recife, 06.12.75.

MACHADO, Ana Maria. "Um contador de histórias". *Jornal do Brasil.* Rio de Janeiro, 06.12.75.

MACHADO, Dyonelio. "*O tempo e o vento*". *Correio do Povo.* Porto Alegre, 27.04.50.

MACHMAN, Flora. "Os caminhos cruzados de Erico Verissimo". *Jornal do Comércio.* Rio de Janeiro, 04.08.63.

MÁRSICO, Gladstone. "Meu primeiro contato com Erico Verissimo". *Folha da Manhã,* Porto Alegre, 13.12.75.

MARTINS, Cyro. "O psicanalista e o escritor". *Correio do Povo.* Porto Alegre, 27.01.73.

MARTINS, Cyro. "Meio chegado, meio distante do amigo Erico". *Zero Hora.* Porto Alegre, 17.12.75.

MARTINS, Cyro. "Palavras sobre Erico Verissimo". *Correio do Povo.* Porto Alegre, 24.06.78.

MARTINS, Cyro. "O exemplo da tenacidade de trabalhador intelectual". *Zero Hora.* Porto Alegre, 28.11.79.

MARTINS, Maria Helena. "As cinzas do borralho". *Correio do Povo.* Porto Alegre, 20.12.75.

MARTINS, Wilson. "Romance mitológico". *O Estado de S. Paulo*, 06.01.62.

MARTINS, Wilson. "O fim dos Cambará". *O Estado de S. Paulo*, 14.07.62.

MARTINS, Wilson. "Romance catártico". *O Estado de S. Paulo,* 11.12.65.

MARTINS, Wilson. "Erico Verissimo". *O Estado de S. Paulo*, 09.12.67.

MARTINS, Wilson. "Erico Verissimo em ciclos". *Correio do Povo.* Porto Alegre, 13.01.68.

MARTINS, Wilson. "Morrer por Saigon". *O Estado de S. Paulo*, 10.02.68.

MARTINS, Wilson. "O novo realismo". *O Estado de S. Paulo*, 14.01.73.

MARTINS, Wilson. "Uma história brasileira". *O Estado de S. Paulo*, 31.03.74.

MASSIL, André. "A oficina de Frankenstein". *Diário de Notícias.* Lisboa, 27.05.65.

MEDINA, Cremilda. "*O senhor embaixador* – painel literário latino-americano". *Correio do Povo.* Porto Alegre, 07.11.65.

MEDINA, Sinval. "A luta solitária". *Versus.* São Paulo, dezembro de 1975-janeiro de 1976.

MEIRA, Álvaro. "Meu amigo Erico Verissimo". *A Tarde.* Salvador, 02.01.76.

MENDES, Oscar. "*Solo de clarineta*". *Estado de Minas,* Belo Horizonte, 13.02.74.

MENEZES, Carlos. "Em *Solo de clarineta* o testamento de Verissimo". *O Globo.* Rio de Janeiro, 30.04.76.

MERTEN, Luiz Carlos. "Erico e o cinema". *Folha da Manhã.* Porto Alegre, 02.12.75.

MOLLA, Adalberto P.. "Um político, mas longe dos extremos". *Coojornal.* Porto Alegre, agosto de 1977.

MONTEIRO, Vera Maria Muccillo. "Ainda havia muito para desenhar". *Correio do Povo.* Porto Alegre, 20.12.75.

MORAES, Emanuel de. "'A ponte' entre o humano e o autêntico". *Jornal do Brasil.* Rio de Janeiro, l0.01.76.

MOREIRA, Fernando. "*O senhor embaixador*". *Correio do Povo.* Porto Alegre, 27.06.65.

MORGANTI, Vera Regina. "Reencontro com Erico e *O resto é silêncio*". *Correio do Povo.* Porto Alegre, 15.06.75.

MOTTA, José do Patrocínio. "Talento de Erico Verissimo". *Correio do Povo.* Porto Alegre, 30.12.75.

MOUTINHO, J. Nogueira. "Erico Verissimo ou o senhor romancista". *Folha de S.Paulo,* 15.08.65.

MOUTINHO, J. Nogueira. "*Solo de clarineta*". *Folha de S.Paulo,* 31.03.74.

MOUTINHO, J. Nogueira. "Erico Verissimo, música ao longe". *Folha de S.Paulo,* 01.12.75.

MOUTINHO, J. Nogueira. "Perfil de Erico Verissimo". *Leia livros.* São Paulo, 15.10.78.

NAVA, Pedro. "O personagem final". *Jornal do Brasil.* Rio de Janeiro, 06.12.75.

NEVES, João Alves das. "*O senhor embaixador*". *O Estado de S. Paulo,* 28.08.65.

NORBERTO, Cândido. "Não se enterra a quem se ama". *Zero Hora.* Porto Alegre, 01.12.75.

NUNES, Paulo. "O legado de Erico Verissimo". *Jornal de Brasília,* 28.12.75.

OBINO, Aldo. "As memórias de Erico". *Correio do Povo.* Porto Alegre, 30.12.73.

OLINTO, Antônio. "Um romancista e seu mundo". *O Globo.* Rio de Janeiro, 06.08.65.

OLINTO, Antônio. "Erico Verissimo e os quadros do poder". *Jornal de Letras.* Rio de Janeiro, janeiro de 1976.

OLIVEIRA, Cyrino Machado de. "Erico Verissimo". *Correio do Povo.* Porto Alegre, 06.12.75.

ONOFRE, José. "A casa e a guerra". *Correio do Povo.* Porto Alegre, 27.12.75.

ONOFRE, José. "Erico Verissimo, entre a casa e o mundo". *Gazeta Mercantil.* São Paulo, 21.06.96.

ORTIZ, Gilberto. "Balanço do ano que ficou nas perspectivas". *O Estado de S. Paulo,* 31.12.72.

PAÇO D'ARCOS, Joaquim. "Erico Verissimo na Sociedade Portuguesa de Escritores". *Correio do Povo.* Porto Alegre, 14.03.59.

PATAI, Daphne. "Verissimo e Huxley: um ensaio de análise comparada". *O Minas Gerais.* Belo Horizonte, 26.01, 02, 09 e 16.02.74.

PEREIRA, José Augusto Medeiros. "Ausência de Erico Verissimo no Natal e Ano Novo". *Correio do Povo.* Porto Alegre, 21.12.75.

PEREZ, Mario Arias. "Vacarianos e Campolargos". *Correio do Povo.* Porto Alegre, 20.11.71.

PEREZ, Mario Arias. "*Solo de*

clarineta de Erico: um fascinante romance da vida". *Correio do Povo*. Porto Alegre, 14.12.73.

PINHEIRO, Nevinha. "Erico Verissimo completou 40 anos de vida literária: parabéns a ele ou a nós brasileiros?". *Tribuna da Imprensa*. Rio de Janeiro, 28.04.73.

PINHEIRO, Pericles da Silva. "Guerra e paz". *Shopping News*. São Paulo, 10.03.68.

PINTO, Antonio Souza. "Carta a Erico Verissimo nos 40 anos de sua vida literária". *Correio do Povo*. Porto Alegre, 19.05.73.

PÓLVORA, Hélio. "Ana Terra na força do tempo e do vento". *Jornal do Brasil*. Rio de Janeiro, 30.10.71.

PÓLVORA, Hélio. "*Incidente em Antares*". *Jornal do Brasil*. Rio de Janeiro, 08.12.71.

PÓLVORA, Hélio. "O retrato de Erico Verissimo por ele mesmo". *Jornal do Brasil*. Rio de Janeiro, 12.01.74.

PÓLVORA, Hélio. "A geração de Erico Verissimo". *Jornal do Brasil*. Rio de Janeiro, 03.12.75.

POORE, Charles. "Books of The Times (*Mexico*)". *The New York Times*. Nova York, 03.11.60.

POPPE, Manuel. "Importância e beleza da sinceridade – *Solo de clarineta*". *Diário Popular*. Lisboa, 14.02.74.

PY, Fernando. "*Ana Terra*: análise e importância orgânica". *Correio do Povo*. Porto Alegre, 27.12.75.

QUEIROZ, Dinah Silveira de. "Visita a Erico Verissimo". *Correio do Povo*. Porto Alegre, 09.10.75.

QUINTANA, Mário. "O Erico". *Jornal do Brasil*. Rio de Janeiro, 06.12.75.

QUINTELLA, Ary. "Tempo de vento, tempo de morte". *Jornal do Brasil*. Rio de Janeiro, 06.12.75.

REVERBEL, Carlos. "Erico Verissimo aos 50 anos". *Correio do Povo*. Porto Alegre, 10.12.55.

REVERBEL, Carlos. "Erico na Sorbonne". *Folha da Tarde*. Porto Alegre, 04.07.75.

RIBEIRO, Antonio Carlos. "*Solo de clarineta*". *Correio do Povo*. Porto Alegre, 06.01.74.

RIBEIRO, Leo Gilson. "Erico Verissimo morto". *O Estado de S. Paulo*, 29.11.75.

RIBEIRO, Leo Gilson. "Meus encontros com o amigo Erico Verissimo". *Jornal da Tarde*. São Paulo, 01.12.75.

ROACH, Jack. "A night replete of horror". *The Charleston Evening Post*. Charleston, 25.02.56.

ROCHA, Geraldo Brochado da. "O contador de estórias". *Zero Hora*. Porto Alegre, 07.12.75.

ROCHE, Jean. "*O tempo e o vento* – obra-prima de Erico Verissimo". *Correio do Povo*. Porto Alegre, 26.04, 03,10, 24.05, 07.06, 21.07 e 09.08.64.

ROCHE, Jean. "*Incidente em Antares*: o romance de um moralista". *Correio do Povo*. Porto Alegre, 19.02.72.

RODRIGUES, Nelson. "Os inimigos do escapismo". *Folha da Tarde*. Porto Alegre, 01.11.72.

RÓNAI, Paulo. "A autobiografia inacabada". *Correio do Povo*. Porto Alegre, 27.12.75.

ROSA, Fabio da. "*O senhor embaixador*". *Correio do Povo*. Porto Alegre, 20.10.65.

ROSA, Roldão Mendes. "Erico Verissimo". *Tribuna de Santos*. Santos (SP), 07.02.68.

ROSA, Roldão Mendes. "Os leitores de Erico Verissimo devem ler este livro (*Solo de clarineta*)". *A Tribuna*. Santos (SP), 21.12.73.

ROSENBLATT, Maurício. "Um mundo em que se vivesse em bondade e beleza". *Zero Hora*. Porto Alegre, 28.11.79.

ROSENFELD. Anatol. "Brasileiros na Alemanha". *O Estado de S. Paulo*, 01.07.73.

ROYES, Luiz. "O romancista

Erico Verissimo num retrato de corpo inteiro". *Correio do Povo.* Porto Alegre, 05.04.53.

SABINO, Fernando. "Erico Verissimo em ritmo de samba". *Jornal do Brasil.* Rio de Janeiro, 09.04.73.

SAIBRO, Maria Luiza Fleck. "Por detrás do contador de histórias". *Correio do Povo.* Porto Alegre, 13, 20 e 27.12.75, 03, 10, 17 e 24.01.76.

SAIBRO, Maria Luiza Fleck. "Para o Erico só palavras... dele". *Folha da Tarde.* Porto Alegre, 27.11.76.

SALLES, David. "A travessia humanista". *O Estado de S. Paulo*, 13.02.77.

SANTAYANA, Mauro. "Gato preto cavalga o vento do tempo – Erico Verissimo deixa o arquipélago e vai habitar o continente". *Tribuna da Imprensa.* Rio de Janeiro, 02.12.75.

SANTOS, Nadir dos. "Erico Verissimo". *Ponche Verde.* Dom Pedrito (RS), 16.01.76.

SCALZO, Nilo. "*Solo de clarineta*: o registro de um contador de histórias, de Cruz Alta a Washington". *O Estado de S. Paulo*, 13.01.74.

SCALZO, Nilo. "Autor já consagrado no seu tempo". *O Estado de S. Paulo*, 30.11.75.

SCARDINO, Katherine. "*Night*". *Savannah Morning News.* Savannah, 14.02.56.

SCARINCI, Carlos. "Crise política de uma consciência (*O senhor embaixador*)". *Correio do Povo.* Porto Alegre, 05.12.65.

SCARINCI, Carlos. "O pensamento político de Erico Verissimo (*O senhor embaixador*)". *Correio do Povo.* Porto Alegre, 12.12.65.

SCARINCI, Carlos. "Crise de uma concepção de romance (*O senhor embaixador*)". *Correio do Povo.* Porto Alegre, 19.12.65.

SCHNEIDER, Otto. "Erico Verissimo escreveu *Encruzilhada*". *A Manhã.* Rio de Janeiro, 22.06.52.

SCHÜLER, Donaldo. "Um livro de viagem". *Correio do Povo.* Porto Alegre, 20.12.75.

SCLIAR, Moacyr. "Afável, tolerante e compreensivo". *Correio do Povo.* Porto Alegre, 13.12.75.

SCLIAR, Moacyr. "O caminhante de Petrópolis". *Zero Hora.* Porto Alegre, 17.12.75.

SCLIAR, Moacyr. "Ele era um do povo..." *Zero Hora.* Porto Alegre, 28.11.79.

SCLIAR, Moacyr. "Erico, literatura e medicina". *Zero Hora.* Porto Alegre, 24.01.80.

SEVERO, José Augusto. "Trinta anos de um romance". *Correio do Povo.* Porto Alegre, 20.06.68.

SILVA, Abdias. "O lado humano de Erico Verissimo". *Correio do Povo.* Porto Alegre, 17.01.76.

SOARES, Mozart Pereira. "*O prisioneiro*". *Correio do Povo.* Porto Alegre, 11.01.68.

SOARES, Mozart Pereira. "Erico Verissimo (1905-1975)". *Correio do Povo.* Porto Alegre, 16.12.75.

SONDERMAN, Suzana. "Quatro escritores e um tema: descoberta do prazer da literatura". *Correio do Povo.* Porto Alegre, 27.10.74.

SONDERMAN, Suzana. "Maurício Rosenblatt fala de Erico". *Folha da Tarde.* Porto Alegre, 27.12.76.

SONDERMAN, Suzana. "A mulher na obra de Erico Verissimo (alguns apontamentos)". *Folha da Tarde.* Porto Alegre, 15.12.79.

SOUZA, Rivadávia de. "Um avô contra o front dos netos". *Correio do Povo.* Porto Alegre, 27.12.75.

SPALDING, Walter. "Erico (Lopes) Verissimo e seus antecedentes". *Correio do Povo.* Porto Alegre, 06.03.71.

TELLES, Lygia Fagundes. "O arco da esperança". *Movimento.* São Paulo, 08.12.75.

TELLES, Lygia Fagundes. "A hora do sétimo anjo". *Correio do Povo.* Porto Alegre, 13.12.75.

TOCANTINS, Leandro. "Erico em Portugal". *Correio do Povo.* Porto Alegre, 13.06.70.

TOSTES, Theodomiro. "Das memórias de Erico". *Correio do Povo.* Porto Alegre, 23.02.74.

UCHA, Danilo. "*Noite*, um livro incompreendido de Erico Verissimo". *Zero Hora.* Porto Alegre, 01.12.75.

UCHA, Danilo. "As memórias póstumas de Erico Verissimo". *Zero Hora.* Porto Alegre, 18.04.76.

VANHECKE, Charles. "Une épopée sudiste". *Le Monde.* Paris, 02.12.75.

VELLINHO, Moysés. "*O tempo e o vento*". *Correio do Povo.* Porto Alegre, 02 e 09.02.50.

VELLINHO, Moysés. "Em torno do ensino de Erico Verissimo". *Correio do Povo.* Porto Alegre, 20.12.75.

VERGARA, Telmo. "Para lá vamos!." *Correio do Povo.* Porto Alegre, 10.12.55.

VIEIRA, Emanuel Medeiros. "Ele está em todos nós". *Correio do Povo.* Porto Alegre, 13.12.75.

VILLAÇA, Antônio Carlos. "No livro de Erico, um tom de despedida". *Jornal do Brasil.* Rio de Janeiro, 16.05.76.

WAGNER, Maria Trudy. "De Verdi a Bach, de acordo com o estágio de maturidade". *Folha da Manhã.* Porto Alegre, 13.12.75.

WAYNE, Ernesto. "Diferenças e coincidências no contraponto de Erico Verissimo". *Correio do Povo.* Porto Alegre, 08.01.77.

WAYNE, Ernesto. "Olhai os lírios das seis". *Correio do Povo.* Porto Alegre, 12.04.80.

ZAFARI, Cláudio Luiz. "Erico Verissimo: sexta, sábado, sempre". *Correio do Povo.* Porto Alegre, 13.12.75.

ZILBERMAN, Regina. "*O continente* e as sociedades por perecer". *Correio do Povo.* Porto Alegre, 20.12.75.

6. Textos em revistas diversas e periódicos acadêmicos

AMADO, Jorge. "Notícia de dois romances". *Boletim de Ariel.* Rio de Janeiro, novembro de 1936.

ARMANDO, Maria Luiza de Carvalho. "*Caminhos cruzados* – memórias supérfluas". *Travessia.* Florianópolis, julho-dezembro de 1985.

BARBOSA, Márcia Helena Saldanha. "Ação dos editores e dos críticos". *Cadernos do Centro de Pesquisas Literárias da PUCRS.* Porto Alegre, setembro de 1995.

BARRET, Linton Lomas. "Erico Verissimo and the creation of novelistic characters". *Hispania.* EUA, agosto de 1946.

BARRET, Linton Lomas. "Erico Verissimo's idea of the novel: theory and practice". *Hispania.* EUA, fevereiro de 1951.

BARRINGTON, Kay. "*Nigth*". *Fast Mail Service.* Nova York, 13.02.56.

BELL, Aubrey, F. G. "*Lo Demás Es Silencio*". *Books Abroad.* Nova York, n. 20, 1946.

BORDINI, Maria da Glória. "*Caminhos cruzados* e a crítica". *Travessia.* Florianópolis, julho-dezembro 1985.

BORDINI, Maria da Glória. "Erico Verissimo, historiador da literatura". *Cadernos do Centro de Pesquisas Literárias da PUCRS.* Porto Alegre, abril de 1995.

BORDINI, Maria da Glória. "O mal da cidade". *Cadernos do Centro de Pesquisas Literárias da PUCRS.* Porto Alegre, setembro de 1995.

BORDINI, Maria da Glória. "Juventude e desemprego. *Um lugar ao sol* e a ideologia do trabalho". *Revista da Biblioteca Mário de Andrade.* São Paulo, janeiro-dezembro de 1999.

BORDINI, Maria da Glória "Erico Verissimo e a literatura brasileira nos Estados Unidos". *Brasil/Brazil.* Porto Alegre/Providence: Editora da Pontifícia Universidade Católica do Rio Grande do Sul/Brown University, 2000.

BUSNELLO, Ellis D'Arrigo. "Um ponto de vista psicanalítico". *Cadernos do Centro de Pesquisas Literárias da PUCRS.* Porto Alegre, setembro de 1995.

CAMPOS, Paulo Mendes. "Retrato de corpo inteiro". *Manchete.* Rio de Janeiro, 07.07.57.

CARVALHO, Paulo de. "Carta aberta a Erico Verissimo". *Revista do Globo.* Porto Alegre, 11.03.39.

CAVALHEIRO, Edgard. "Um romancista do sul". *Boletim de Ariel.* Rio de Janeiro, 06.03.37.

CÉSAR, Guilhermino. "O romance brasileiro contemporâneo". *Caravelle.* Toulouse, 1965.

CÉSAR, Guilhermino. "Literatura e sociedade na ficção de Erico Verissimo". *Cultura.* Brasília, julho-setembro de 1975.

CHAVES, Flávio Loureiro. "Erico Verissimo e a crise do liberalismo". *Oitenta.* Porto Alegre, n. 3, 1980.

CHAVES, Ovídio. "A terceira dimensão no romance brasileiro". *Revista do Globo.* Porto Alegre, 27.08.38.

CLEMENTE, Elvo. "Erico Verissimo e a crítica literária". *Travessia.* Florianópolis, julho-dezembro de 1985.

CORDEIRO, João. "Notícia de um grande romance". *Boletim de Ariel.* Rio de Janeiro, 12.09.35.

CORDEIRO, Jorge. "Apenas um escritor". *Revista do Globo.* Porto Alegre, 22.02.47.

COSTA, Dante. "*Caminhos cruzados*". *Boletim de Ariel.* Rio de Janeiro, 06.08.35.

CRUZ, Cláudio Celso Alano da. "*Noite* e *Os ratos*". *Cadernos do Centro de Pesquisas Literárias da PUCRS.* Porto Alegre, setembro de 1995.

D'ALMEIDA, Vitor. "Erico Verissimo, assunto ainda não esgotado". *Vamos ler!.* Rio de Janeiro, 25.07.45.

DANIEL, Mary Lou. "El lenguage figurado en las novelas de Erico Verissimo". *Revista de Cultura Brasileña.* Madri, 12.03.65.

DAVID-PEYRE, Yvonne. "Erico Verissimo, lecteur de Flaubert". *Caravelle.* Toulouse, 1977.

DINIZ NETO, Rui. "O encanto do arquipélago". *Revista do Globo.* Porto Alegre, outubro de 1961.

DUÉK, Moysés. "Com Erico Verissimo em Porto Alegre". *O Semanário.* Rio de Janeiro, 12.03.59.

ESCOSTEGUY, Jorge. "Últimos acordes". *Veja.* São Paulo, 21.04.76.

ESCOSTEGUY, Jorge. "Posições claras". *Veja.* São Paulo, 26.10.77.

FERRAZ, Geraldo Galvão. "A vida como profissão". *Homem.* São Paulo, outubro de 1975.

FIGUEIRA, Gastón. "Perfiles: dos escritores brasileños". *Revista Iberoamericana.* Pittsburgh, outubro de 1953.

FILHO, Adonias. "*O senhor embaixador*". *Revista Cadernos Brasileiros.* Rio de Janeiro, setembro-outubro de 1965.

FORSTER, Merlin H. "Structure and meaning in Verissimo's *Noite*". *Hispania.* EUA, 04.12.62.

FRANTZ, Maria Helena Zancan. "O processo de desumanização de Gabriel Alvarado em *O senhor embaixador*". *Travessia.* Florianópolis, julho-dezembro de 1985.

FURLAN, Oswaldo Antônio. "A expressão estética da visão sócio-política em *Incidente em Antares*". *Cultura Vozes.* Petrópolis (RJ), dezembro de 1976.

GHISOLFI, Alda Maria do Couto. "A palavra de Erico Verissimo e a trajetória do mito do gaúcho heróico na literatura riograndense". *Travessia.* Florianópolis, julho- dezembro de 1985.

GINZBURG, Jaime. "Sociologia da noite na novela de Erico Verissimo". *Cadernos do Centro de Pesquisas Literárias da PUCRS.* Porto Alegre, setembro de 1995.

LEIRIA, J.O. Nogueira. "Erico Verissimo e os novos rumos do romance gaúcho". *Província de São Pedro.* Porto Alegre, n. 16, 1951.

LOPES, Edward; CAÑIZAL, Eduardo Peñuela. "O realismo intra-histórico de *O tempo e o vento*". *Revista de Letras.* Assis (SP), 1969.

MARCON, Itálico. "*Incidente em Antares*". *Colóquio.* Lisboa, setembro de 1972.

MARTINS, Justino. "Conterrâneo e velho amigo de Erico Verissimo conta como conheceu o romancista na cidade de Cruz Alta". *Fatos e Fotos.* Rio de Janeiro, 15.12.75.

MEDINA, Cremilda de Araújo. "A posse de um continente literário". *Revista do Globo.* Porto Alegre, março de 1965.

MENTON, Seymour. "Erico Verissimo e John Dos Passos: dois intérpretes nacionais". *Revista Cebela.* Porto Alegre, n. 1, 1965.

MONTELLO, Josué. "O tempo e o vento". *Manchete.* Rio de Janeiro, 01.05.76.

MORAES, Carlos Dante de. "Erico Verissimo e a tradição riograndense". *Província de São Pedro.* Porto Alegre, n. 18, 1953.

MORAES, Emanuel de. "*Noite* de Erico Verissimo". *Ilustração Brasileira.* Rio de Janeiro, novembro-dezembro de 1955.

MORAIS, Anamaria. "Nosso encontro com Erico Verissimo foi assim". *Desfile.* São Paulo, março de 1973.

MOREIRA, Sérgio Alves. "*O tempo e o vento*". *Revista Nacional de Cultura.* Rio de Janeiro, novembro-dezembro de 1956.

ONOFRE, José. "Erico, a perda e a memória". *Bravo!.* São Paulo, junho de 2002.

PENZ, Cristina Maria. "Anatomia de um romance: um ensaio autocrítico (Notas manuscritas de Erico Verissimo)". *Travessia.* Florianópolis, julho-dezembro de 1985.

PY, Fernando. "Erico Verissimo". *Revista Cadernos Brasileiros.* Rio de Janeiro, 1968.

QUINTANA, Mário. "Lembrando Erico". *Visão.* São Paulo, 22.12.75.

RAMALHETE, Clóvis. "Acusam Erico Verissimo". *Vamos Ler!.* Rio de Janeiro, 12.09.40.

RAMALHETE, Clóvis. "Erico Verissimo e a crítica". *Revista Letras Brasileiras.* Rio de Janeiro, novembro de 1943.

REMÉDIOS, Maria Luiza Ritzel. "As instâncias do sujeito em Erico Verissimo e Reynaldo Moura". *Cadernos do Centro de Pesquisas Literárias da PUCRS.* Porto Alegre, setembro de 1995.

RIBEIRO, Leo Gilson. "Um corajoso solo de dignidade". *Veja.* São Paulo, 30.01.74. (O crédito aparece na "Carta ao leitor".)

SALLES, David. "O tempo e o espaço". *Revista Universitas.* Salvador, Universidade Federal da Bahia, maio-dezembro de 1973.

SCHÜLER, Donaldo. "Estados Unidos e México". *Travessia.* Florianópolis, julho-dezembro de 1985.

SEM ASSINATURA. "Erico Verissimo". *Boletim de Ariel.* Rio de Janeiro, julho de 1973.

SEM ASSINATURA. "Ouve-se ainda a clarineta". *Veja.* São Paulo, 03.12.75.

SEM ASSINATURA. "Humano, nunca demasiado humano". *Banas.* São Paulo, 08.12.75.

SILVA, Hélio. "A apoteose de Verissimo. (*Solo de clarineta*)". *Visão,* São Paulo, 11.02.74.

SILVEIRA, Joel. "Erico Verissimo não é funcionário público". *Diretrizes.* Rio de Janeiro, 29.01.42.

STREIDER, Inácio. "Deus e a religião na obra de Erico Verissimo". *Cultura Vozes,* Petrópolis, maio de 1965.

STRELIAEV, Leonid. "As últimas fotos do meu amigo Erico Verissimo". *Realidade.* São Paulo, fevereiro de 1976.

STUDART, Heloneida. "Erico Verissimo, um solo de liberdade". *Manchete.* Rio de Janeiro. 13.12.75.

TOLEDO, Dionisio de Oliveira. "Quelques lettres d'Erico Verissimo". *Bulletin des Études Portugaises et Brésiliennes.* Lisboa, n. 39-40, 1978-79.

VELLINHO, Moysés. "Erico Verissimo. *O tempo e o vento*". *Província de São Pedro.* Porto Alegre, n. 14, 1949.

VELLINHO, Moysés. "Uma aventura noturna". *Província de São Pedro.* Porto Alegre, n. 20, 1955.

VOLPATO, Cadão. "De Verissimo a Verissimo". *Época.* São Paulo, 15.02.99.

ZILBERMAN, Regina. "Os artifícios da sedução". *Travessia.* Florianópolis, julho-dezembro de 1985.

ZUKAUSKAS, Joseph. "Depois de três anos de States os Verissimo estão de volta". *Revista do Globo.* Porto Alegre, 03.11.56.

7. Entrevistas

"Conversando com Erico Verissimo". *Dom Casmurro.* Rio de Janeiro, 07.07.38. Entrevista a B.A..

"Erico Verissimo e os problemas do momento". *Correio do Povo.* Porto Alegre, 18.09.42. Entrevista a Justino Martins.

"Fala Erico Verissimo". *Estado do Rio Grande do Sul.* Porto Alegre, 30.06.52. Entrevista a Dirceu Chiesa.

"Entrevista com Erico Verissimo: dos pampas à metrópole". *Correio da Manhã.* Rio de Janeiro, 18.06.53. Entrevista a Carlos Davi.

"Que faz exatamente Erico Verissimo nos Estados Unidos?". *Diário de Notícias.* Porto Alegre, 11.12.55. Entrevista a Ilza Silveira.

"Diálogo à distância com o escritor Erico Verissimo". *Voz de Portugal.* Rio de Janeiro, 03.06.56. Entrevista a Joaquim Montezuma de Carvalho.

"Erico rompe o silêncio, fala de tudo e de todos: deixem-me em paz para escrever". *Diário de Notícias.* Rio de Janeiro, 12.05.57. Entrevista a Vitor D'Almeida.

"Primeira entrevista de Erico Verissimo depois de seu acidente cardíaco". *Diário de Notícias.* Porto Alegre, 14.05.61. Entrevista a Carlos Galvão Krebs.

"A reforma do caráter é a reforma mais importante para salvar o Brasil". *Jornal do Comércio.* Porto Alegre, 18.06.63. Entrevista a José Ney. (*)

"Entrevista". *Revista do Globo.* Porto Alegre, 22.05.65. Entrevista a Rui Diniz Netto.

"Estamos vivendo um importante período: o da desmistificação". *Correio do Povo.* Porto Alegre, 24.05.66. Entrevista a Carlos Rafael Guimarães.

"Paz é do que o mundo precisa". *Diário de Notícias.* Porto Alegre, 16.10.66. Entrevista a Uirapuru Mendes.

"A nobre entrevista de Erico". *Zero Hora.* Porto Alegre, 02.12.66. Entrevista a Carlos Nobre.

"Erico diante do espelho, as histórias que contou". *Diário de Notícias.* Porto Alegre, 17.09.67. Entrevista a CDG.

"Erico Verissimo – O prisioneiro". *Correio da Manhã.* Rio

(*) Os textos assinalados desta maneira fazem parte do livro *A liberdade de escrever – Entrevistas sobre literatura e política.* Organização de Maria da Glória Bordini. Porto Alegre: Editora da UFRS/EDIPUCRS/Prefeitura Municipal de Porto Alegre, 1997. 2. ed., São Paulo: Globo, 1999.

de Janeiro, 23.12.67. Entrevista a Adolfo Braga. (*)

"Dois dedos de prosa com o Intelectual do Ano". *Folha de S.Paulo,* 10.02.68. Entrevista a Ruth Guimarães.

"Um gaúcho sem esporas". *Jornal do Brasil.* Rio de Janeiro, 21.12.68. Entrevista a Maria Ignez Corrêa da Costa.

"Não sou profundo. Espero que me desculpem". *Manchete.* Rio de Janeiro, 04.01.69. Entrevista a Clarice Lispector. (*)

"John Dos Passos visto por Erico Verissimo". *O Estado de S. Paulo,* 08.03.69. Entrevista a Paulo de Almeida Lima.

"Erico, retrato de um escritor". *Correio do Povo.* Porto Alegre, 07.06.70. Entrevista a Maria Dinorah. (*)

"Verissimo, uma entrevista com o escritor". *Diário de Notícias.* Porto Alegre, 10.10.71. Entrevista a Álvaro Alves de Faria.

"Um país em julgamento". *Veja.* São Paulo, 17.11.71. Entrevista a Paulo Totti. (*)

"Somos todos uns mentirosos". *Correio da Manhã.* Rio de Janeiro, 19.11.71. Entrevista a Celito De Grandi. (*)

"Erico Verissimo falou e disse". *Manchete.* Rio de Janeiro, 18.12.71. Entrevista a Norma Marzola. (*)

"Erico Verissimo, o homem de Antares". *Correio do Povo.* Porto Alegre, 24.12.71. Entrevista a Nei Gastal e Suzana Przybylski.

"A liberdade será sempre a minha causa". *Realidade.* São Paulo, fevereiro de 1972. Entrevista a Jorge Andrade. (*)

"Verissimo: evite o espelho mágico". *O Estado de S. Paulo,* 12.03.72. Entrevista a Carlos M. Fernandes.

"O senhor de Antares e os fantasmas de Paris". *Diário de Pernambuco.* Recife, 31.08.72. Entrevista a Hermilo Borba Filho. (*)

"Erico Verissimo aponta EUA como modelo de liberdade". *Jornal do Brasil.* Rio de Janeiro, 17.12.72. Sem assinatura.

"Multiplico a minha vida na criação da de outros". *Correio do Povo.* Porto Alegre, 07.01.73. Entrevista a Antonio Hohlfeldt. (*)

"Sou contra a censura". *Opinião.* Rio de Janeiro, 29.01.73. Sem assinatura. (*)

"Erico Verissimo: um solo de clarineta". *Manchete.* Rio de Janeiro, 04.08.73. Entrevista a Rosa Freire d'Aguiar. (*)

"Pela primeira vez Erico Verissimo virou personagem de Erico Verissimo". *Jornal da Tarde.* São Paulo, 15.10.73. Entrevista a Lígia de Almeida.

"Estória dum contador de histórias". *Zero Hora.* Porto Alegre, 02.12.73. Entrevista a Delmar Marques.

"Erico Verissimo, a melodia das memórias". *Jornal do Brasil.* Rio de Janeiro, 21.12.73. Entrevista a Eunice Jacques.

"Erico diz que está cansado de escrever, mas não vai desistir". *Correio do Povo.* Porto Alegre, 13.12.73. Sem assinatura.

"Erico Verissimo, o solo da liberdade". *Banas.* São Paulo, 07.10.74. Entrevista a João Alves das Neves.

"Erico Verissimo, a liberdade de escrever". *Manchete.* Rio de Janeiro, 08.03.75. Entrevista a Heloneida Studart. (*)

"Verissimo, último capítulo". *Última Hora.* Rio de Janeiro, 01.12.75. Entrevista a Maria Abreu.

"O último encontro". *Correio do Povo.* Porto Alegre, 13.12.75. Entrevista a Flávio Moreira da Costa.

"A entrevista inacabada". *Zero Hora.* Porto Alegre, 17.12.75. Com perguntas de Moacyr Scliar, Fernando Sabino, Danúbio Gonçalves, Josué Guimarães, Flávio Loureiro Chaves, Moysés Vellinho, Rubem Braga, Henrique Bertaso, Viana Moog, Nahum Sirotsky, Glênio Bianchetti, Carlos Scliar, Justino Martins, Vasco Prado, Glauco Rodrigues,

Luis Fernando Verissimo, Hermilo Borba Filho e Cyro Martins.

8. Documentário

Um contador de histórias. Curta-metragem. Direção de David Neves e Fernando Sabino. Narração: Hugo Carvana. Brasil, 1974.

ADAPTAÇÕES

Para o cinema

Mirad los Lirios del Campo. Baseado no romance *Olhai os lírios do campo.* Direção de Ernesto Arancibia; roteiro: Túlio Demicheli. Com Jose Olarra e Mauricio Jouvet. Argentina, 1947.

O sobrado. Baseado em *O tempo e o vento.* Direção de Cassiano Gabus Mendes e Walter George Durst. Com Rosalina Granja Lima e Lima Duarte. Brasil, 1956.

Um certo capitão Rodrigo. Baseado em *O tempo e o vento.* Direção de Anselmo Duarte. Com Francisco di Franco e Newton Prado. Brasil, 1970.

Ana Terra. Baseado em *O tempo e o vento.* Direção de Durval Gomes Garcia. Com Rossana Ghessa e Geraldo Del Rey. Brasil, 1971.

Noite. Baseado na novela homônima. Direção de Gilberto Loureiro. Com Marco Nanini, Cristina Aché e Eduardo Tornaghi. Brasil, 1985.

Para a televisão

O tempo e o vento. Novela de Teixeira Filho. Baseada na obra homônima. Direção de Dionísio Azevedo. Com Carlos Zara, Geórgia Gomide e outros. TV Excelsior, 1967.

Olhai os lírios do campo. Novela de Geraldo Vietri e Wilson Aguiar Filho. Baseada no romance homônimo. Direção de Herval Rossano. Com Cláudio Marzo, Nívea Maria e outros. Rede Globo, 1980.

O resto é silêncio. Telerromance de Mário Prata. Baseado no livro homônimo. Direção de Arlindo Pereira. Com Carmem Monegal, Fernando Peixoto e outros. TV Cultura, 1981.

Música ao longe. Telerromance de Mário Prata. Baseado na obra homônima. Direção de Edson Braga. Com Djenane Machado, Fausto Rocha e outros. TV Cultura, 1982.

O tempo e o vento. Minissérie de Doc Comparato. Baseada na obra homônima. Direção de Paulo José. Com Tarcísio Meira, Glória Pires e outros. Rede Globo, 1985.

Incidente em Antares. Minissérie de Charles Peixoto e Nelson Nadotti. Baseada no romance homônimo. Direção de Paulo José. Com Fernanda Montenegro, Paulo Betti e outros. Rede Globo, 1994.

NOTA DOS EDITORES: O presente "Guia" não esgota as referências bibliográficas sobre o autor.

PRINCIPAIS FONTES DESTA EDIÇÃO

Acervo Literário de Erico Verissimo (Alev);
Erico Verissimo – O escritor e seu tempo, de Flávio Loureiro Chaves (Porto Alegre: Editora da Universidade Federal do Rio Grande do Sul, 2001);
Dedoc – Departamento de Documentação da Editora Abril;
Arquivo IMS;
Editora Globo;
Companhia das Letras.

***

Os livros cujas capas foram aqui reproduzidas integram a coleção do Alev e têm os seguintes códigos de catalogação:

Fantoches – 08a0289-1932; *As mãos de meu filho* – 08a0276-1942; *Clarissa* – 08a0283-1933; *Um lugar ao sol* – 08a0069-1936; Olhai os lírios do campo – 08a0145-1938; *Saga* – 08a0164-1958; *O arquipélago* – 08c0220-sd; *O prisioneiro* – 08a0157-1967; *Noite* – 08a0082-1954; *As aventuras de Tibicuera* – 08a0009-1937; *Viagem à aurora do mundo* – 08a0197-1962; *Gato preto em campo de neve* – 08a0054-1941; *Israel em abril* – 080068-1970; *Brazilian Literature* – 08c0469-1969; *Die Lilien auf dem Felde* – 08c0242-sd; *Antaresin Valtiaat* – 08c0224-1980; *Le Portrait de Rodrigo Cambará* – 08c0668-1997; *A Többi Néma Csend* – 08c0273-1980; *Crossroads* – 08c0184-1956; *The Rest Is Silence* – 08c0258-1956 e *Il Resto È Silenzio* – 08c0260-1949.

AGRADECIMENTOS

Clarissa Verissimo Jaffe, Luis Fernando Verissimo, Maria da Glória Bordini e também: Acervo Literário de Erico Verissimo (Alev), Companhia das Letras, Dedoc – Departamento de Documentação da Editora Abril, Editora Globo, Ernesto Hypólito, Flávio Loureiro Chaves, Ivan Ângelo, João Alexandre Barbosa, Livraria do Globo, Museu Casa de Erico Verissimo, Naguisa Ito, Sebastião Lacerda, Silviano Santiago, Stadsbiblioteket i Stockholm.

Osvaldo Maricato/Editora Abril

Erico Verissimo

INSTITUTO MOREIRA SALLES

Sede

Av. Paulista, 1.294, 14º andar, Bela Vista. CEP: 01310-915. São Paulo - SP.
Tel.: (0 XX 11) 3371-4455; fax: (0 XX 11) 3371-4497.
Internet – http://www.ims.com.br
E-mail: ims@ims.com.br

Centros Culturais

Rio de Janeiro
Rua Marquês de São Vicente, 476, Gávea.
CEP: 22451-040. Rio de Janeiro - RJ.
Tel.: (0 XX 21) 3284-7400; fax: (0 XX 21) 2239-5559.

Belo Horizonte
Av. Afonso Pena, 737, Centro.
CEP: 30130-002. Belo Horizonte - MG.
Tel.: (0 XX 31) 3213-7900; fax: (0 XX 31) 3213-7906.

São Paulo
Rua Piauí, 844, 1º andar, Higienópolis.
CEP: 01241-000. São Paulo - SP.
Tel.: (0 XX 11) 3825-2560; fax: (0 XX 11) 3661.0984

Poços de Caldas
Rua Teresópolis, 90, Jardim dos Estados.
CEP: 37701-058. Poços de Caldas - MG.
Tel./fax: (0 XX 35) 3722-2776.

Galerias IMS

São Paulo
Unibanco Arteplex
Rua Frei Caneca, 569, 3º piso.
Tel.: (0 xx 11) 3255-8816.

Porto Alegre
Unibanco Arteplex
Shopping Bourbon Country
Av. Túlio de Rose, 100, 2º piso.
Tel.: (0 xx 51) 3341-9685.

Reserva técnica fotográfica e Reserva técnica musical

Rio de Janeiro
Rua Marquês de São Vicente, 476.
Tel.: (0 xx 21) 3284-7400.

CADERNOS DE LITERATURA BRASILEIRA

À venda nas principais livrarias do país, nos espaços culturais e no site do Instituto Moreira Salles e em Portugal

Número 1 – *João Cabral de Melo Neto* (mar. 96)
Número 2 – *Raduan Nassar* (set. 96)
Número 3 – *Jorge Amado* (mar. 97)
Número 4 – *Rachel de Queiroz* (set. 97)
Número 5 – *Lygia Fagundes Telles* (mar. 98)
Número 6 – *Ferreira Gullar* (set. 98)
Número 7 – *João Ubaldo Ribeiro* (mar. 99)
Número 8 – *Hilda Hilst* (out. 99)
Número 9 – *Adélia Prado* (jun. 00)
Número 10 – *Ariano Suassuna* (nov. 00)
Número 11 – *Ignácio de Loyola Brandão* (jun. 01)
Número 12 – *Carlos Heitor Cony* (dez. 01)
Números 13 e 14 – *Euclides da Cunha* (dez. 02)
Número 15 – *Millôr Fernandes* (jul. 03)
Número 16 – *Erico Verissimo* (nov. 03)

Jornalista responsável:
Antonio Fernando De Franceschi (MTb: 9.093).

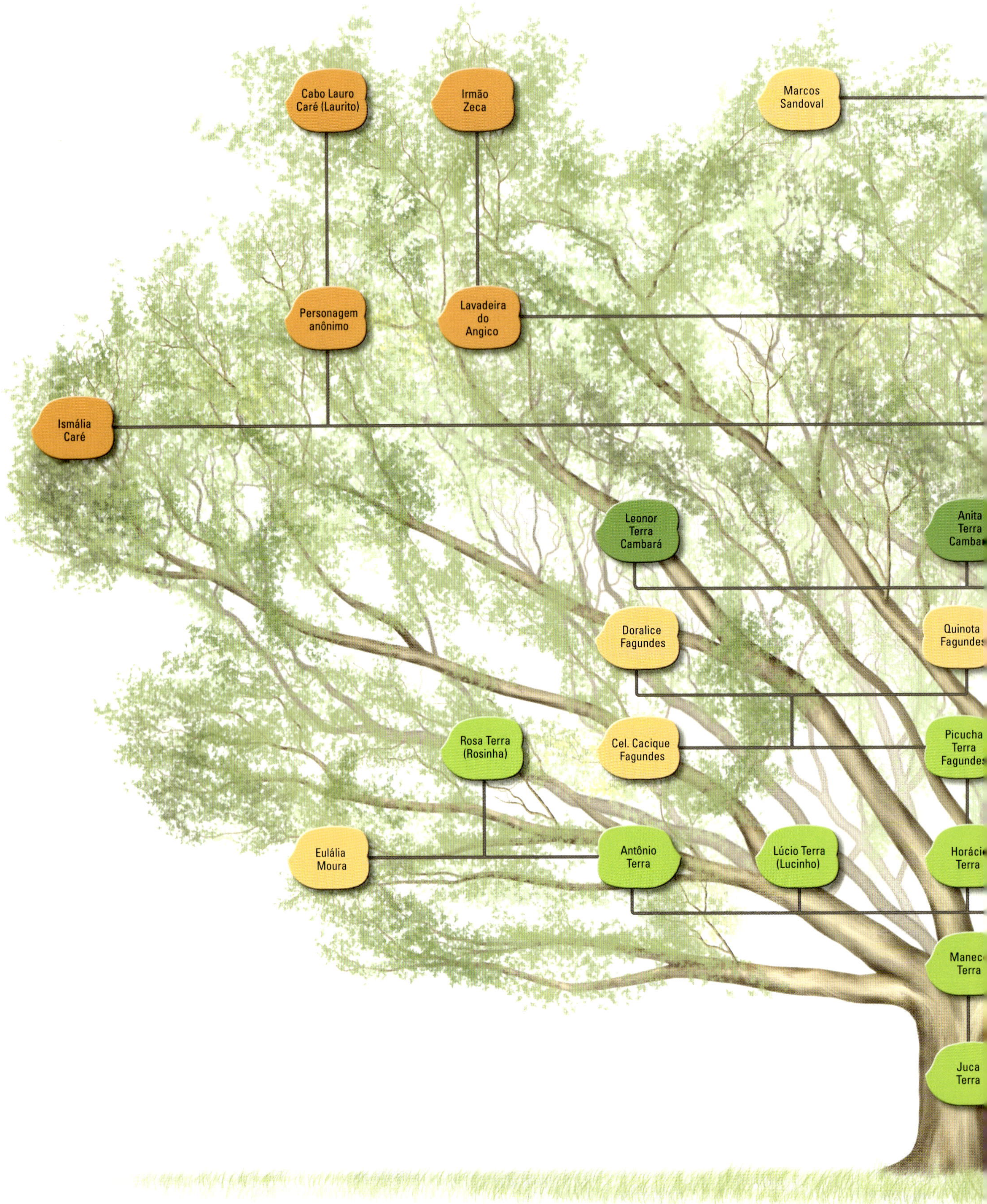
Cabo Lauro Caré (Laurito)
Irmão Zeca
Marcos Sandoval
Personagem anônimo
Lavadeira do Angico
Ismália Caré
Leonor Terra Cambará
Anita Terra Camba
Doralice Fagundes
Quinota Fagundes
Rosa Terra (Rosinha)
Cel. Cacique Fagundes
Picucha Terra Fagundes
Eulália Moura
Antônio Terra
Lúcio Terra (Lucinho)
Horáci Terra
Manec Terra
Juca Terra

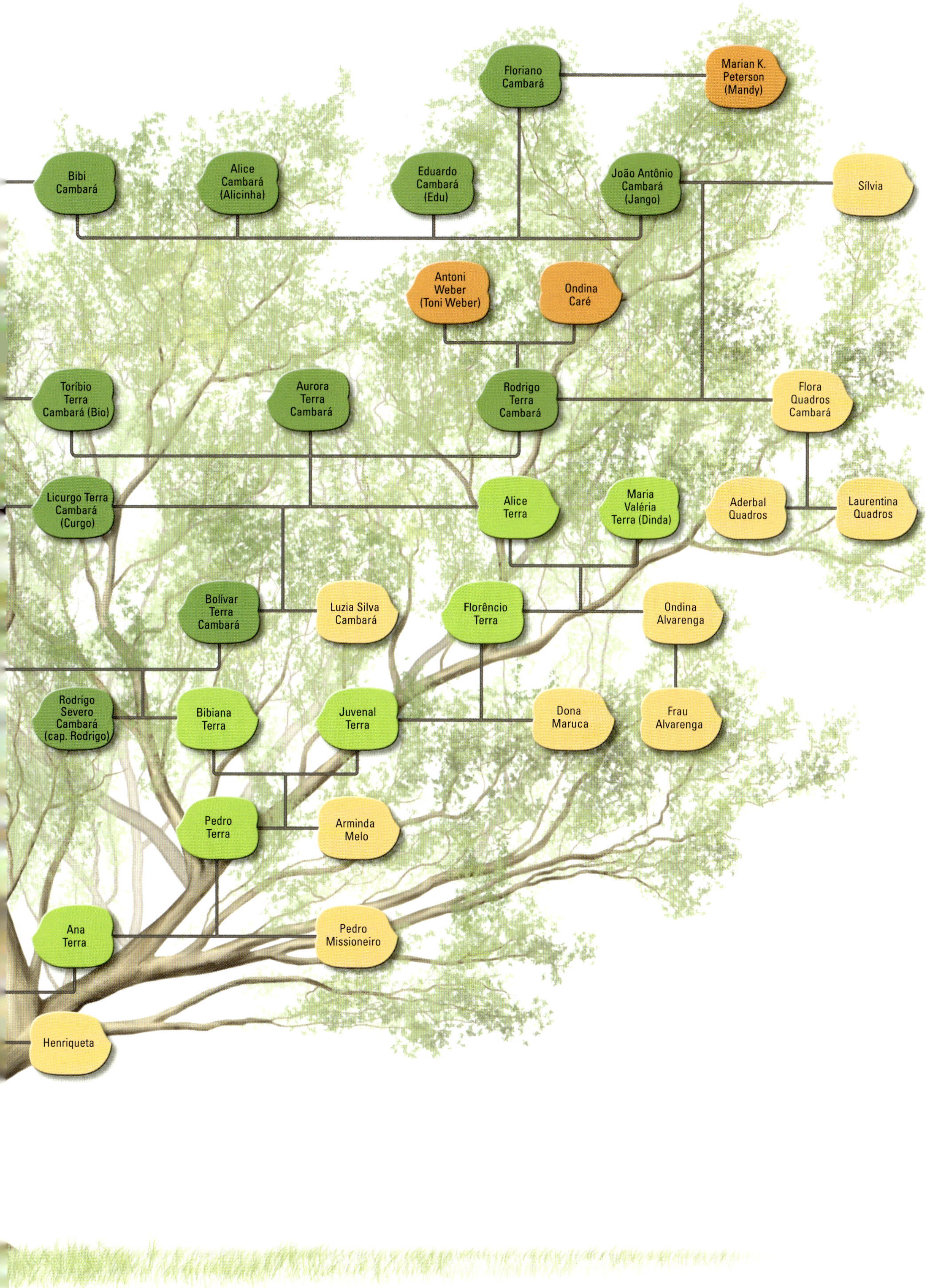
Floriano Cambará
Marian K. Peterson (Mandy)
Bibi Cambará
Alice Cambará (Alicinha)
Eduardo Cambará (Edu)
João Antônio Cambará (Jango)
Sílvia
Antoni Weber (Toni Weber)
Ondina Caré
Toríbio Terra Cambará (Bio)
Aurora Terra Cambará
Rodrigo Terra Cambará
Flora Quadros Cambará
Licurgo Terra Cambará (Curgo)
Alice Terra
Maria Valéria Terra (Dinda)
Aderbal Quadros
Laurentina Quadros
Bolívar Terra Cambará
Luzia Silva Cambará
Florêncio Terra
Ondina Alvarenga
Rodrigo Severo Cambará (cap. Rodrigo)
Bibiana Terra
Juvenal Terra
Dona Maruca
Frau Alvarenga
Pedro Terra
Arminda Melo
Ana Terra
Pedro Missioneiro
Henriqueta

Elaborado por Antonio Hohlfeldt, com assistência dos pesquisadores Paulo Roberto Batista Maciel e André Lionir Petry da Silva, este encarte integra o 16º número dos CADERNOS DE LITERATURA BRASILEIRA (nov. 2003), cujo tema é Erico Verissimo, autor de *O tempo e o vento* (*O continente*, 1949; *O retrato*, 1951: *O arquipélago* I e II, 1961, *O arquipélago* III, 1962).